将 饮 茶

杨绛 著

生活·讀書·新知 三联书店

Copyright © 2015 by SDX Joint Publishing Company.
All Rights Reserved.
本作品版权由生活·读书·新知三联书店所有。
未经许可,不得翻印。

图书在版编目(CIP)数据

将饮茶/杨绛著.—北京:生活·读书·新知
三联书店,2015.4 (2024.7重印)
 ISBN 978-7-108-05170-7

Ⅰ.①将… Ⅱ.①杨… Ⅲ.①散文集-
中国-当代 Ⅳ.①I267

中国版本图书馆CIP数据核字(2014)第259635号

责任编辑 冯金红
装帧设计 蔡立国
责任印制 董 欢
出版发行 生活·讀書·新知 三联书店
 (北京市东城区美术馆东街22号 100010)
网 址 www.sdxjpc.com
经 销 新华书店
印 刷 河北鹏润印刷有限公司
版 次 2015年4月北京第1版
 2024年7月北京第20次印刷
开 本 787毫米×1092毫米 1/32 印张6.125
字 数 94千字
印 数 214,001-224,000册
定 价 33.00元

(印装查询:01064002715;邮购查询:01084010542)

作者一九八七年秋,在北京三里河寓所。

一九二七年冬，作者（后排左二）与全家摄于苏州旧居。

《将饮茶》书影,三联书店 1987 年初版(左),2010 年再版(右)。

目录

孟婆茶（胡思乱想，代序）　　1

回忆我的父亲　　1
回忆我的姑母　　78
记钱锺书与《围城》　　102
收藏了十五年的附识　　136
丙午丁未年纪事（乌云与金边）　　139
隐身衣（废话，代后记）　　178

出版说明　　185

孟婆茶

（胡思乱想，代序）

我登上一列露天的火车，但不是车，因为不在地上走；像筏却又不在水上行；像飞机，却没有机舱，而且是一长列；看来像一条自动化的传送带，很长很长，两侧设有栏杆，载满乘客，在云海里驰行。我随着队伍上去的时候，随手领到一个对号入座的牌子，可是牌上的字码几经擦改，看不清楚了。我按着模糊的号码前后找去：一处是教师座，都满了，没我的位子；一处是作家座，也满了，没我的位子；一处是翻译者的座，标着英、法、德、日、西等国名，我找了几处，都没有我的位子。传送带上有好多穿灰色制服的管事员。一个管事员就来问我是不是"尾巴"上的，"尾巴"上没有定座。可是我手里却拿着个座牌呢。他要去查对簿子。另一个管事员说，算了，一会儿就到了。他们在传送带的横侧放下一只凳子，请我坐下。

我找座的时候碰到些熟人,可是正忙着对号,传送带又不停的运转,行动不便,没来得及交谈。我坐定了才看到四周秩序井然,不敢再乱跑找人。往前看去,只见灰蒙蒙一片昏黑。后面云雾里隐隐半轮红日,好像刚从东方升起,又好像正向西方下沉,可是升又不升,落也不落,老是昏腾腾一团红晕。管事员对着手拿的扩音器只顾喊"往前看!往前看!"他们大多凭栏站在传送带两侧。

我悄悄向近旁一个穿灰制服的请教:我们是在什么地方。他笑说:"老太太翻了一个大跟斗,还没醒呢!这是西方路上。"他向后指点说:"那边是红尘世界,咱们正往西去。"说罢也喊"往前看!往前看!"因为好些乘客频频回头,频频拭泪。

我又问:"咱们是往哪儿去呀?"

他不理睬,只用扩音器向乘客广播:"乘客们做好准备,前一站是孟婆店;孟婆店快到了,请做好准备!"

前前后后传来纷纷议论。

"哦,上孟婆店喝茶去!"

"孟婆茶可喝不得呀!喝一杯,什么事都忘得一干二净了。"

"嗐!喝它一杯孟婆茶,一了百了!"

"我可不喝！多大的浪费啊！一杯茶冲掉了一辈子的经验，一辈子不都是白活了？"

"你还想抱住你那套宝贵的经验，再活一辈子吗？"

"反正我不喝！"

"反正也由不得你！"

管事员大概听惯这类议论。有一个就用扩音器耐心介绍孟婆店。

"'孟婆店'是习惯的名称，现在叫'孟大姐茶楼'。孟大姐是最民主的，喝茶决不勉强。孟大姐茶楼是一座现代化大楼。楼下茶座只供清茶；清茶也许苦些。不爱喝清茶，可以上楼。楼上有各种茶：牛奶红茶，柠檬红茶，薄荷凉茶，玫瑰茄凉茶，应有尽有；还备有各色茶食，可以随意取用。哪位对过去一生有什么意见、什么问题、什么要求、什么建议，上楼去，可分别向各负责部门提出，一一登记。那儿还有电视室，指头一按，就能看自己过去的一辈子——各位不必顾虑，电视室是隔离的，不是公演。"

这话激起哄然笑声。

"平生不作亏心事，我的一生，不妨公演。"这是豪言壮语。

"得有观众欣赏呀！除了你自己，还得有别人爱看啊！"

这是个冷冷的声音。

扩音器里继续在讲解：

"茶楼不是娱乐场，看电视是请喝茶的意思。因为不等看完，就渴不及待，急着要喝茶了。"

我悄悄问近旁那个穿制服的："为什么？"

他微微一笑说："你自己瞧瞧去。"

我说，我喝清茶，不上楼。

他诧怪说："谁都上楼，看看热闹也好啊。"

"看完了可以再下楼喝茶吗？"

"不用，楼上现成有茶，清茶也有，上去就不再下楼了——只上，不下。"

我忙问："上楼往哪儿去？不上楼又哪儿去？"

他鼻子里哼了一声说："我只随着这道带子转，不知到哪里去。你不上楼，得早作准备。楼下只停一忽儿，错过就上楼了。"

"准备什么？"

"得轻装，不准夹带私货。"

我前后扫了一眼说："谁还带行李吗？"

他说："行李当然带不了，可是，身上、头里、心里、肚里都不准夹带私货。上楼去的呢，提意见啊，提问题啊，提要求啊，提完了，撩不开的也都撩下了。你是想不上楼去呀。"

我笑说："喝一杯清茶，不都化了吗？"

他说："这儿的茶，只管忘记，不管化。上楼的不用检查。楼下，喝完茶就离站了，夹带着私货过不了关。"

他话犹未了，传送带已开进孟婆店。楼下阴沉沉、冷清清；楼上却灯光明亮，热闹非常。那道传送带好像就要往上开去。我赶忙跨出栏杆，往下就跳。只觉头重脚轻，一跳，头落在枕上，睁眼一看，原来安然躺在床上，耳朵里还能听到"夹带着私货过不了关"。

好吧，我夹带着好些私货呢，得及早清理。

一九八三年十月底

回忆我的父亲

前　言

一九七九年冬，中国社会科学院近代史研究所为调查清末中国同盟会（包括其他革命团体）会员情况，给我一封信，原文如下："令尊补塘先生是江苏省最早从事反清革命活动的人物之一，参加过东京励志社，创办《国民报》《大陆杂志》，在无锡首创励志学社，著有影响。"因此要我介绍简历及传记资料等，并提出一个问题："在补塘先生一生中，有过一个重大的变化，即从主张革命转向主张立宪。这中间的原因和过程如何，是史学界所关心的，盼望予以介绍。"

我只写了一份父亲的简历，对于提出的问题，不敢乱说，没有解答。其实，我虽然不能算"知道"，却也不能说"不知道"；不仅对所提的这一转向，就连以后的转向，我即使不能说"知道"，也都有我的体会。近年来追忆思索，颇多感触，所以想尽我的理解，写一份可供参阅的资料。

日本中岛碧教授、美国李又安（Adele Rickett）教授曾分别为我查核日本和美国的资料。此文一九八三年发表后，一九九〇年上海复旦大学历史系邹振环同志提供了有关我父亲翻译工作的资料；一九九二年江苏教育学院翟国璋同志提供了有关我国现代史的资料。我已把原文相应修改。谨向他们致谢。

一九九三年二月二日

一

我父亲杨荫杭（1878—1945），字补塘，笔名老圃，又名虎头，江苏无锡人，一八九五年考入北洋大学堂（当时称"天津中西学堂"），一八九七年转入南洋公学，一八九九年由南洋公学派送日本留学，卒业早稻田大学。他回国后因鼓吹革命，清廷通缉，筹借了一笔款子，再度出国，先回日本早稻田读得学位，又赴美留学。我是父亲留美回国后出生的，已是第四个女儿。那时候，我父亲不复是鼓吹革命的"激烈派"。他在辛亥革命后做了民国的官，成了卫护"民主法治"的"疯骑士"——因为他不过做了一个省级的高等审判厅长，为了判处一名杀人的恶霸死刑，坚持司法独立，和庇护杀人犯的省长和督军顶牛，直到袁世凯把他调任。他在北京不过是京师高等检察厅长，却让一位有贪污巨款之嫌的总长（现称部长）受到高检厅传讯，同时有检察官到总长私邸搜查证据。许多高官干预无效；司法总长请得大总统训令，立将高检长及搜查证据的检察官给以"停职"处分。《民国演义》上提到这件事，说杨某其实没错，只是官官相护。据我理解，我父亲的"立宪梦",辞官之前早已破灭。

我说"理解",因为都未经证实。我在父母身边的时候,对听到的话不求甚解。有些事只是传闻;也有些是父亲对我讲的,当时似懂非懂,听完又忘了;有些事是旁听父母的谈话而领会的。

我母亲唐须嫈也是无锡人。我父母好像老朋友,我们子女从小到大,没听到他们吵过一次架。旧式夫妇不吵架的也常有,不过女方会有委屈闷在心里,夫妇间的共同语言也不多。我父母却无话不谈。他们俩同年,一八九八年结婚。当时我父亲还是学生。从他们的谈话里可以听到父亲学生时代的旧事。他们往往不提名道姓而用诨名,还经常引用典故——典故大多是当时的趣事。不过我们孩子听了不准发问。"大人说话呢,'老小'(无锡土话,指小孩子)别插嘴。"他们谈的话真多:过去的,当前的,有关自己的,有关亲戚朋友的,可笑的,可恨的,可气的……他们有时嘲笑,有时感慨,有时自我检讨,有时总结经验。两人一生中长河一般的对话,听来好像阅读拉布吕耶尔(Jean de La Bruyère)《人性与世态》(Les Caractères)。他们的话时断时续,我当时听了也不甚经心。我的领会,是由多年不经心的一知半解积累而得。我父亲辞官后做了律师。他把每一件受理的案子都详细向我母亲叙述：为什么事，牵涉什么人等等。他们俩一起分析，一起议论。那些案件，都可补充《人性与世态》作为生动的例证。可是我的理解什么时候开始明确，自己也分辨不清。

例如我五六岁在北京的时候，家里有一张黎元洪的相片，大概是大总统发给每个下属的。那张照片先挂在客厅暗陬，不久贬入吃饭间。照片右上角有一行墨笔字："补塘检察长"。我常搬个凳子，跪在凳上仔细端详。照上的人明明不是我父亲，怎么又写着我父亲的名字？我始终没敢发问，怕问了惹笑或招骂，我不知什么时候开始明白：落款不是标签，也不知什么时候知道那人是黎元洪。可是我拿稳自己的理解没错。

我曾问父亲："爸爸，你小时候是怎么样的？"父亲说："就和普通孩子一样。"可是我叮着问，他就找出二寸来长一只陶制青底蓝花的小靴子给我，说小时候坐在他爷爷膝上，他爷爷常给他剥一靴子瓜子仁，教他背白居易诗"未能抛得杭州去，一半勾留是此湖"。那时候，他的祖父在杭州做一个很小的小官。我的祖父也在浙江做过一个小地方的小官。两代都是穷书生，都是小穷官。我祖父病重还乡，下船后不及到家便咽了气。家里有上代传下的住宅，但没有田产。我父亲上学全靠考试选拔而得的公费。

据我二姑母说，我父亲在北洋公学上学时，有部分学生闹风潮。学校掌权的洋人（二姑母称为"洋鬼子"）出来镇压，说闹风潮的一律开除。带头闹的一个广东人就被开除了。"洋鬼子"说，谁跟着一起闹风潮的一起开除。一伙人面面相觑，都默不作声。闹风潮不过是为了伙食，我父亲并没参与，可是他看到那伙人都缩着脑袋，就冒火了，挺身而出说："还有我！"好得很，他就陪着那个广东同学一起开除，风潮就此平息。那是一八九七年的事。

当时我父亲是个穷学生。寒素人家的子弟，考入公费学校，境遇该算不错，开除就失去公费。幸亏他从北洋开除后，立即考入南洋公学。我现在还存着一幅一九〇八年八月中国留美学生在美国马萨诸塞州开代表大会的合影。正中坐的是伍廷芳。前排学生展着一面龙旗。后排正中两个学生扯着一面旗子，大书"北洋"二字。我父亲就站在这一排。他曾指着扯旗的一人说"这是刘麻子"，又指点这人那人是谁，好像都很熟。我记得有一次他满面淘气地笑，双手叉腰说："我是老北洋。"看来他的开除，在他自己和同学眼里，只是一件滑稽的事。

我大姐从父母的谈话里，知道父亲确曾被学校开除，只是不知细节。我父亲不爱谈他自己，我们也不问。我只记得他偶尔谈起些笑话，都是他年轻时代无聊或不讲理的细事。他有个同房间是松江人，把"书"字读如"须"。父亲往往故意惹他，说要"撒一课'须'去"（上海话"尿""书"同音）。松江人怒不可遏。他同班有个胖子，大家笑他胖。胖子生气说："你们老了都会发胖。"我父亲跟我讲的时候，摩挲着自己发胖的肚子，忍笑说："我对他说，我发了胖，就自杀！"胖子气得咈哧咈哧。我不知道父亲那时候是在北洋或南洋，只觉得他还未脱顽童时期的幽默。二姑母曾告诉我：小哥哥（我父亲）捉了一只蛤蟆，对它喷水念咒，把它扣在空花盆底下叫它土遁；过了一星期，记起了那只蛤蟆，翻开花盆一看，蛤蟆还没死，饿成了皮包骨头。这事我也没有问过父亲。反正他早说过，他就和普通的孩子一样。

二

《中华民国史》上说："一九〇〇年春，留日学生成立励志会；一九〇〇年下半年，会员杨廷栋、杨荫杭、雷奋等创办了《译书汇编》，这是留学生自办的第一个杂志，专门译载欧美政法名著，诸如卢梭的《民约论》、孟德斯鸠的《万法精义》、穆勒的《自由原论》等书，这些译著曾在留学生和国内学生中风行一时。"① 冯自由《革命逸史》也说起《译书汇编》②："江苏人杨廷栋、杨荫杭、雷奋等主持之，以翻译法政名著为宗旨，译笔流丽典雅，于吾国青年思想之进步收效至巨。"③ 我曾听到我父亲说："与其写空洞无物的文章，不如翻译些外国有价值的作品。"还说："翻译大有可为。"我在父亲从国外带回的书里，看到过一本英译的孟德斯鸠《万法精义》和一本原文的达尔文《物种起源》。可是我父亲从没有讲过他自己的翻译，我也从未读过。他也从未鼓励我翻译，也从未看到我的翻译。

据《革命逸史》④，一八九九年上海南洋公学派留东学生六人（我父亲是其中一个，杨廷栋、雷奋和其他三人的名字都是我经常听到的）。他们和其他各省派送的留日学生初到日本，

---

① 《中华民国史》，中华书局版（一九八一）131—132页。
② 鲁迅《琐记》中写他留学日本之前，曾考入矿路学堂，开始"看新书"，如《天演论》、《译学汇编》等。据内容，《译学汇编》当即《译书汇编》。《鲁迅全集》中已改正。
③ 《革命逸史》，民国廿八年（一九三九）二月版，第一辑147页。
④ 同上书，191页。

语言不通。日本文部省特设日华学校，专教中国学生语言及补习科学。"雷奋、杨荫杭、杨廷栋三人税居早稻田附近。即当日雷等为《译书汇编》及《国民报》[①]撰文之所。留学生恒假其地作聚会集中点。"那时有某日本舍监偷吃中国留学生的皮蛋，又有个日本下女偷留学生的牙粉搽脸。我听父亲讲过"偷皮蛋舍监尝异味，搽牙粉丑婢卖风流"的趣闻。但从不知道父亲参与译书并为《国民报》撰稿的事。我大姐只知道父亲会骑自行车，因为看见过父亲扶着自行车照的相片，母亲配上小框放在桌上。

冯自由的《革命逸史》[②]和《中华民国史》[③]都提到留日学生的励志会里有激烈派和稳健派之分；激烈派鄙视稳健派，两派"势如水火"。我父亲属于激烈派，他的一位同窗老友属于稳健派。他们俩的私交却并不"势如水火"。我记得父亲讲他们同班某某是留学生监督的女婿，一九〇〇年转送到美国留学。同班学生不服气。我父亲撺掇他那位稳健派朋友提出申

---

① 《国民报》是最早提倡颠覆清王朝的刊物，它以鼓吹天赋人权、自由平等而具特色——《中华民国史》132页。
② 《革命逸史》，民国廿八年（一九三九）二月版，第一辑151页。
③ 《中华民国史》中华书局版（一九八一），132页。

请，要求调往美国，理由是同窗杨某（父亲自指）一味鼓吹革命，常和他一起不免受他"邪说"的影响。我不知道那位朋友是否真的提出了要求，反正他们的捣鬼没有成功。

《中华民国史》上说："江苏地方革命小团体发生最早，一九〇一年夏留学生杨荫杭回到家乡无锡，聚集同志，创设了励志学会。他们借讲授新智识之机，宣传排满革命……。"[1] 据说这段历史没有错。我不明白他怎么卒业前一年回乡，不知有何确实的凭据。

我父亲一九〇二年在日本早稻田大学（当时称"东京专门学校"）本科卒业[2]，回国后和雷奋、杨廷栋同被派往译书院译书[3]。最近我有一位朋友在北京图书馆找到一本我父亲编译的《名学教科书》（一九〇三年再版）。想就是那个时期编译的。孙宝瑄光绪二十八年十二月二十九日（一九〇三年）日记里曾提到这部书："观《名学》，无锡杨荫杭述。余初不解东

---

[1] 同上书，293页。

[2] 见房兆楹辑《史料丛刊》之一（台湾中央研究院近代研究所出版，一九六〇）内《日本留学生题名录·卒业留学生附录》。

[3] 见西南交通大学出版社《交通大学校史资料选编》（一）第72页。据邹振环先生提供的资料，译书院属交通大学，主持者是张元济，派送雷奋等去译书院的是盛宣怀。

文哲学书中'内容'、'外延'之理,今始知之。"①

译书馆因经费支绌,一九〇三年停办。我父回到家乡,和留日学生蔡文森、顾树屏在无锡创办了"理化研究会",提倡研究理化并学习英语。我母亲形容父亲开夜车学理化,用功得背上生了一个"搭手疽",吃了多少"六神丸"。我记得父亲晚年,有一次从上海回到苏州,半开玩笑半认真地和我母亲讲"理化会的大成就"。有一个制造"红丸"(即"白面")的无锡人,当年曾是"理化会"的成员,后来在上海法租界居住,在他家花园的假山洞里制造"红丸"(有法租界巡捕房保护)。他制成的毒品用铅皮密封在木箱里,运到法国海岸边,抛入海里,然后由贩毒商人私运入欧洲。那个人成了大富翁。我父亲慨叹说:"大约那是我们惟一的成绩吧?"

东京《国民报》以英国人"经塞尔"名义发行。"经塞尔"其实是冯自由的父亲冯镜如的外国名字,借此避免清公使馆的干涉。报中文字由某某等执笔,其中有我父亲。后来因资本告罄停版。

抗战胜利后,我在上海,陈衡哲先生请我喝茶,会见胡

---

① 见《忘山庐日记》,上海古籍出版社一九八三年版,上册609页。

适。他用半上海话对我说:"我认识你的姑母,认识你的叔叔,你老娘家(苏沪土语'尊大人'的意思)是我的先生。"① 锺书对我说,胡适决不肯乱认老师,他也不会记错。我想,大概我父亲由译书院回南后在上海工作。曾在澄衷学校、务本女校、中国公学教课;不知在哪个学校教过胡适。听说我父亲暑假回无锡,在俟实中学公开鼓吹革命,又拒绝对祠堂里的祖先叩头,同族某某等曾要驱逐他出族。我记得父亲笑着讲无锡乡绅——驻意大利钦差许珏曾愤然说:"此人(指我父亲)该枪毙。"反正他的"革命邪说"招致清廷通缉,于是他筹借了一笔款子(一半由我外祖父借助),一九〇六年初再度出国。

我大姐说,父亲一九〇六年到美国求学。但据日本早稻田大学的学籍簿,他一九〇六年九月入该校研究科,专研法律;一九〇七年七月毕业,寄寓何处等等都记载分明。料想我父亲在清廷通缉令下,潜逃日本是最便捷的途径。早稻田大学本科卒业不授学位;考入研究科,通过论文,便获得法学士学位。随后他就到美国去了。

---

① 胡适到过我家苏州寓所,只是我没见过。他《四十自述》中提到他的老师杨志洵(景苏)先生是我父亲的族叔亦好友。

父亲告诉我,他初到美国,住在校长(不知什么学校)家里学习英语,同住宿的还有几个美国青年。他要问字典上查不到的家常字(如大小便之类),同学不敢回答,特地问得校长准许,才敢教他。

父亲从未提及他的学位和论文。我只偶尔拣得一张父亲在宾夕法尼亚大学一九〇九——一九一〇年的注册证。倒是锺书告诉我:"爸爸的硕士论文收入宾夕法尼亚大学法学丛书第一辑,书名是《日本商法》(*Commercial Code of Japan*)。"我只记得大姐讲,父亲归国途中游历了欧洲其他国家,还带回好几份印好的论文。我问锺书:"你怎么会知道?"锺书说:"我看见的——爸爸书房里的书橱最高层,一本红皮书。我还问过爸爸,他说是他的硕士论文——现在当然找不到了。"我写信给美国友人宾夕法尼亚大学的李又安(Adele Rickett)教授,托她找找有没有这本书。据她回信,锺书一点也没记错。那本书一找就见,在法学院图书馆。承她还为我复制了封面几页和一篇卢易士(Draper Lewis)教授写的序文。据那张注册证,他是当时的法学院长。全书三百十九页,我父亲离校后一九一一年出版。从序文看来这本书大概是把日本商法和它所依据的德国商法以及它所采用的欧洲大陆系统的商法作比较,指出特殊的地方是为了适合日本的国情,由比较中阐明一般商法的精神。序文对这本书很称赏,不过我最感亲切的是卢易士先生形容我父亲写的英文:"虽然完全正确,却有好些别致的说法;而细读之下,可以看出作者能用最简洁的文字,把日本商法的原意,确切地表达出来。"我想这是用很客气的话,说我父亲写的英文有点中国味道吧?

我猜想,父亲再次出国四年多,脱离了革命,埋头书本,很可能对西方的"民主法治"产生了幻想。他原先的"激烈",渐渐冷静下来。北伐胜利后,我经常听到父亲对母亲挖苦当时自称的"廉洁政府"。我在高中读书的时候,一九二七或一九二八年,我记得父亲曾和我谈过"革命派"和"立宪派"的得失。他讲得很仔细,可是我不大懂,听完都忘了,只觉得父亲倾向于改良。他的结论是"改朝换代,换汤不换药"。不过父亲和我讲这番话的时候,他的"立宪梦"早已破灭了。我当时在父母的庇荫之下,不像我父亲年轻时候,能看到革命的迫切。我是脱离实际的后知后觉或无知无觉,只凭抽象的了解,觉得救国救民是很复杂的事,推翻一个政权并不解决问题,还得争求一个好的制度,保障一个好的政府。

我不信父亲对清室抱有任何幻想。他称慈禧为祸国殃民的无识"老太婆"。我也从未听他提到光绪有任何可取。他回国后由张謇推荐，在北京一个法政学校教课。那时候，为宣统"辅政"的肃亲王善耆听到我父亲是东西方法律的行家，请他晚上到王府讲授法律课。我父亲的朋友包天笑在一部以清末民初为背景的小说里曾提起这事，锺书看到过，但是记不起书名，可能是《留芳记》。听说这个肃亲王是较为开明而毫无实权的人。我父亲为他讲法律只是为糊口计，因为法政学校的薪水不够维持生活。

辛亥革命前夕，我父亲辞职回南，肃亲王临别和他拉手说："祝你们成功。"拉手祝贺，只表示他有礼貌，而"你们"两字却很有意思，明白点出东家和西席之间的不同立场。"祝你们成功"这句话是我父亲着重和我讲的。

我父亲到了上海，在申报馆任编辑，同时也是上海律师公会创始人之一。当律师仍是为糊口计。我是第四个女儿，父母连我就是六人，上面还有祖母。父亲有个大哥在武备学校学习，一次试炮失事，轰然一声，我大伯父就轰得不知去向，遗下大伯母和堂兄堂姊各一。一家生活之外，还有大小孩子的学费。我的二姑母当时和我堂姊同在上海启明女校读书，三姑母在苏州景海女校读书，两位姑母的学费也由我父亲供给。我有个叔叔当时官费在美国留学,还没有学成。整个大家庭的负担全在我父亲一人身上。

三

据我大姐讲,我父亲当律师,一次和会审公堂的法官争辩。法官训斥他不规规矩矩坐着,却翘起了一条腿。我父亲故意把腿翘得高高的,侃侃而辩。第二天上海各报都把这事当作头条新闻报道,有的报上还画一个律师,翘着一条腿。从此我父亲成了"名"律师。不久,由张謇推荐,我父亲做了江苏省高等审判厅长兼司法筹备处处长,驻苏州。我父母亲带了我们姊妹,又添了一个弟弟,搬到苏州。

我不知道父亲和张謇是什么关系,只记得二姑母说,张謇说我父亲是"江南才子"。锺书曾给我看张謇给他父亲的信,称他父亲为"江南才子"。这使我不禁怀疑:"江南才子"是否敷衍送人的;或者我特别有缘,从一个"才子"家到又一个"才子"家!我记得我们苏州的住宅落成后,大厅上"安徐堂"的匾额还是张謇的大笔,父亲说那是张謇一生中末一次题的匾。

一九一三年秋,熊希龄出任国务总理,宣称要组成"第一流经验与第一流人才之内阁"。当时名记者黄远庸在《记新内阁》（民国二年九月十一日）一文里说："有拟杨荫杭（即老圃者）[长司]法部者，此语亦大似商量饭菜单时语及园圃中绝异之新蔬，虽不必下箸而已津津有味矣。然梁任公即长法部，识者谓次长一席终须此圃。此圃方为江苏法官，不知其以老菜根佳耶，抑上此台盘佳也。"① 显然我父亲是啃"老菜根"而不上"台盘"的。

我父亲当了江苏省高等审判厅长，不久国家规定，本省人回避本省的官职，父亲就调任浙江省高等审判厅长，驻杭州。恶霸杀人的案件，我从父母的谈话里只听到零星片断。我二姑母曾跟我讲，那恶霸杀人不当一回事，衙门里使些钱就完了。当时的省长屈映光（就是"本省长向不吃饭"的那一位），督军朱某（据说他和恶霸还有裙带亲）都回护凶犯。督军相当于前清的抚台，省长相当于藩台，高等审判厅长算是相当于臬台，通称"三大宪"；臬台当然是最起码的"大宪"，其实是在督军省长的辖治之下。可是据当时的宪法，三权分立，督军

---

① 全文见《远生遗著》——民国九年（一九二〇）版第三册 189—193 页。这是锺书提供的资料。

省长不能干预司法。这就造成僵局，三权分立而分裂——至少分裂为二。我父亲坚持司法独立，死不让步。我不知双方僵持多久，约一九一五年袁世凯称帝前夕，屈映光到北京晋见袁世凯，我父亲就调任了。

我曾听到父母闲话的时候，惊诧那些走门路的人无孔不入，无缝不钻。我外祖父偶从无锡到杭州探望女儿，立刻就被包围了。我的外祖父是个忠厚的老好人，我不知道他听了谁的调唆，向我父亲说了什么话。我父亲不便得罪老丈人，只默不作声。外祖父后来悄悄问我母亲："怎么回事？三拳打不出他一个闷屁？"这句话成了父母常引用的"典故"。

我父亲去世以后，浙江兴业银行行长叶景葵先生在上海，郑重其事地召了父亲的子女讲这件恶霸判处死刑的事。大致和我二姑母讲的相同，不过他着重说，那恶霸向来鱼肉乡民，依仗官方的势力横行乡里；判处了死刑大快人心。他说："你们老人家大概不和你们讲吧？我的同乡父老至今感戴他。你们老人家的为人，做儿女的应该知道。"

屈映光有个秘书屈伯刚先生，上海孤岛时期在圣约翰大学当国文教授，也在振华女中（沪校）兼课，和我同事。屈先生是苏州人，一次他一口纯苏白对我说："唔笃老太爷直头硬！

嗜，直头硬个！"我回家学给父亲听。父亲笑了，可是没讲自己如何"硬"，只感叹说："朝里无人莫做官。"屈映光晋见袁世凯，告了我父亲一状，说"此人顽固不灵，难与共事"。袁世凯的机要秘书长张一麐（仲仁）先生恰巧是我父亲在北洋大学的同窗老友，所以我父亲没吃大亏。我父亲告诉我说，袁世凯亲笔批了"此是好人"四字，他就调到北京。

我问父亲："那坏人后来就放了吗？"父亲说："地方厅长张×（我忘了名字）是我用的人。案子发回重审，他维持原判。"父亲想起这事，笑着把拳头一攥说："这是我最得意的事！"

"坏人就杀了？"

父亲摇头说："关了几时，总统大赦，减为徒刑，过几年就放了。"我暗想，这还有什么可得意的呢？证明自己判决得不错证明自己用的人不错？这些笨话我都没问，慢慢地自己也领会了。

地方厅长张先生所受的威胁利诱，不会比我父亲所受的轻，当时实行的是"四级三审"制。每个案件经过三审就定案。到高等厅已是第二审，发回重审就是第三审，不能再向大理院上诉。凶犯家属肯定对地方厅长狠加压力。高等厅长已调任，地方厅长如果不屈从当地权势，当然得丢官。张先生维持原判，足见为正义、为公道不计较个人利害得失的，自有人在！我至今看到报上宣扬的好人好事，常想到默默无闻的好人好事还不知有多少，就记起父亲一攥拳头的得意劲儿，心上总感到振奋——虽然我常在疑虑，甚至悲观。

我想，父亲在北京历任京师高等审判厅长，京师高等检察长、司法部参事等职。他准看透了当时的政府。"宪法"不过是一纸空文。他早想辞官不干了。他的"顽固不灵"，不论在杭州，在北京，都会遭到官场的"难与共事"。我记得父母讲到传讯一位总长的那一夜，回忆说："一夜的电话没有停。"都是上级打来的。第二天，父亲就被停职了。父亲对我讲过："停职审查"虽然远不如"褫职查办"严重，也是相当重的处分；因为停职就停薪。我家是靠薪水过日子的。①

我当时年幼，只记得家里的马车忽然没有了，两匹马都没有了，大马夫、小马夫也走了。想必是停薪的结果。

我父亲在大暑天和一位爱做诗的植物学家同乡黄子年同上百花山去采集标本，去了大约一星期，回家来一张脸晒成了紫糖色，一个多星期后才慢慢退白。父亲对植物学深有兴趣，每次我们孩子到万牲园（现称"动物园"）去看狮子老虎，父亲

---

① 据民初司法惩戒处分，停职三个月以上，一年以下，并停止俸给。

总一人到植物园去,我不懂植物有什么好看。那次他从百花山回来,把采集的每一棵野花野草的枝枝叶叶,都用极小极整齐的白纸条加固在白而厚的大张橡皮纸上,下面注明什么科(如茄科、菊科、蔷薇科等)植物,什么名字。中文下面是拉丁文。多年后,我曾看到过那些标本。父亲做标本的时候,我自始至终一直站在旁边仔仔细细地看着,佩服父亲干活儿利索,剪下的小白纸条那么整齐,写的字那么好看,而且从不写错。每张橡皮纸上都蒙上一张透明的薄纸,积成厚厚的一大叠,就用一对木夹子上下夹住,使劲用脚踩扁,用绳子紧紧捆住。这几捆标本带到无锡,带到上海,又带到苏州,后来有一次家里出垃圾,给一个中学收买去做教材了。父亲有闲暇做植物标本,想必是在停职期间。

我家租居陈璧的房子。大院南边篱下有一排山桃树。一九一九年我拣桃核的时候,三姐对我说:"别拣了,咱们要回南了。"我不懂什么叫"回南"。姐姐跟我讲了,然后说,母亲的行李限得很严,桃核只能拣最圆整的带几颗。我着急说:"那么我的泥刻子呢?"姐姐说泥刻子南边没用,南边没有黄土。我在箱子间的外间屋里,看见几只整理了一半的网篮,便偷偷儿撒了两把桃核进去,后来那些桃核都不知去向了。从不出游的母亲游了颐和园、香山等名胜，还买了好些北京的名药如紫金锭、梅花点舌丹之类，绢制的宫花等等，准备带回南方送人的。

据我国近代史料："×××受贿被捕，在一九一七年五月。国务会议认为×××没有犯罪的证据，反要追究检察长杨荫杭的责任；×××宣告无罪，他随即辞去交通部长的职务。"① 我想，父亲专研法律，主张法治，坚持司法独立；他区区一个京师检察长——至多不过是一个"中不溜"的干部，竟胆敢传讯在职的交通部总长，并派检察官到他寓所搜查证据，一定是掌握了充分的罪证，也一定明确自己没有逾越职权。

据一九一七年五月二十五、二十六日《申报》要闻："高检长杨荫杭因传讯×××交付惩戒，杨已向惩戒会提出《申辩书》，会中对于此事，已开过调查会一次，不日当有结果。兹觅得司法部请交惩戒之原呈及杨检长之《申辩书》并录于下。此案之是非曲直，亦可略见一斑矣。"②

《申辩书》共十二条。前十条说明自己完全合法。后二条

---

① 陶菊隐《北京军阀统治时期史话》第三册第111页（一九五七年三联版）；《中华民国史资料丛稿·人物传记》第二十辑第75页（一九八四年中华书局版）。

② 此系南京江苏教育学院翟国璋先生提供。

指控司法总长不合法,且有袒护之嫌。

《申辩书》不仅说明问题,还活画出我父亲当时的气概。特附在本文之末,此案只是悬案,所以我把有嫌贪污巨贿的总长姓名改为×××。

据我推断,父亲停职期很短。他只有闲暇上百花山采集花草,制成标本;并未在家闲居。他上班不乘马车,改乘人力车,我家只卖了马车、马匹,仍照常生活,一九一九年秋才回南。可见父亲停职后并未罢官,还照领薪水。他辞职南归,没等辞职照准①。

一九一九年秋季,我上初小三年级。忽有一天清早,我跟着父母一家人回南了。路上碰见一个并不要好的同学,我恨不能叫她给我捎句话给同学,说我"回南"了,心上很怅然。

火车站上为我父亲送行的有一大堆人——不是一堆,是一大片人,谁也没有那么多人送行,我觉得自己的父亲与众不同,很有自豪感。火车快开了,父亲才上车。有个亲戚末了一分钟赶到,从车窗里送进一蒲包很甜的玫瑰香。可见我们离开

---

① 一九二〇年五月间上海《申报》《杨荫杭律师启事》一则,说:"阅报得知"辞职获准,现重操律师旧业。

北京已是秋天了。

在家里，我们只觉得母亲是万能的。可是到了火车上，母亲晕车呕吐，弱得可怜。父亲却镇定从容地照看着一家大小和许多行李。我自以为第一次坐火车，其实我在北京出生不久就回南到上海，然后我家迁居苏州，又迁居杭州又回到北京，这次又回南，父亲已经富有旅行的经验了。

几年前我家在上海的时候，大姐二姐都在上海启明女校上学。她们寄宿学校，只暑假回家。一九一七年张勋复辟，北京乱糟糟，两个姐姐没能够到北京，只好回到无锡老家去过了一个暑假。姊妹俩想家得厉害。二姐回校不久得了副伤寒，住在医院里。当时天津大水，火车不通。母亲得知二姐生病，忙乘轮船赶到上海，二姐目光已经失散，看不清母亲的脸，只拉着母亲的手哭。她不久去世，还不到十五岁。二姐是我们姊妹里最聪明的一个，我父母失去了她是一生中的大伤心事。我母亲随即带了大姐同回北京。一九一九年我家离北京南归，我只有大姐和三姐了，下面却添了两个弟弟和我的七妹。我家由北京到天津，住了一二天客栈，搭"新铭"轮船到上海。我父亲亲自抱着七妹，护着一家人，押着大堆行李上船下船。我记得父母吩咐，"上海码头乱得很，'老小'要听话。"我们很有秩序地下了轮船又上"拖船"。"拖船"是由小火轮拖带的小船，一只火轮船可以拖带一大串小船。我们家预先包好一只"拖船"，行李堆在后舱，一家人都坐在前舱，晚上把左右两边座位中间的空处搭上木板，就合成一只大床。三姐着急说："我的脚往哪儿垂呀？"父亲说她"好讲究！脚还得往下垂吗？"大家都笑。我们孩子觉得全家睡一只大床很好玩。

我父母亲在无锡预先租下房子，不挤到老家去住。那宅房子的厨房外面有一座木桥，过了桥才是后门。我可以不出家门，而站在桥上看来往的船只，觉得新奇得很。我父母却对这宅房子不满意，只是一时也找不到合适的。

我还是小孩子，不懂得人生疾苦。我父亲正当壮年，也没估计到自己会病得几乎不起。据说租住那所房子的几个住户都得了很重的伤寒症，很可能河水有问题。我父亲不久就病倒了。他地道是那个时期的留学生，只信西医，不信中医。无锡只有一个西医，是外国人。他每次来就抽一点血，拿一点大便，送往上海化验，要一个星期才有结果。检查了两次查不出病因，病人几星期发高烧，神志都昏迷了。我母亲自作主张，请了一位有名的中医来，一把脉就说"伤寒"。西医又过了一星期才诊断是伤寒。父亲已经发烧得只说昏话了。他开始说的昏话还是笑话。他看我母亲提了玻璃溺壶出去，就说："瞧瞧，她算做了女官了，提着一口印上任去了！"可是昏话渐渐变为鬼话，说满床都是鬼。家里用人私下说："不好了，老爷当了城隍老爷了，成日成夜在判案子呢。"

我记得有一夜已经很晚了，家里好像将出大事，大家都不睡，各屋都亮着灯，许多亲友来来往往。我母亲流着泪求那位名医处方，他摇头断然拒绝。医生不肯处方就是病人全没指望了。我父亲的老友华实甫先生也是有名的中医，当晚也来看望。他答应我母亲的要求"死马当活马医"，开了一个药方。那是最危急的一夜，我父亲居然挣扎过来。我母亲始终把华实甫先生看作救命恩人。西医却认为我父亲自己体力好，在"转换期"（crisis）战胜了病魔。不过无论中医西医，都归功于我母亲的护理。那年大除夕，我父亲病骨支离，勉强能下床行走几步。他一手扶杖，一手按着我的头，慢慢儿走到家人团坐的饭桌边。椅里垫上一条厚被，父亲象征性地和我们同吃了年夜饭。

父亲病情最危急的那一晚，前来探望的人都摇头喟叹说："唉，要紧人呀！""要紧人"就是养家人，我们好大一家人全靠父亲抚养。我叔叔在美国学统计，学成回国，和订婚多年的婶婶结婚，在审计院工作。不久肺病去世，遗下妻女各一。我老家就添了我一位寡婶和一个堂妹。我们小家庭里，父母子女就有八口人。我常想，假如我父亲竟一病不起，我如有亲戚哀怜，照应我读几年书，也许可以做个小学教员。不然，我大概只好去做女工，无锡多的是工厂。

我父亲满以为回南可以另找工作，没想到生了那么一场重病。当时的社会，病人哪有公费治疗呢！连日常生活的薪水都没个着落呀。我父亲病中，经常得到好友陈光甫先生和杨廷栋（翼之）先生的资助。他们并不住在无锡，可是常来看望。父亲病中见了他们便高兴谈笑，他们去后往往病又加重。我虽是孩子，经常听到父母谈到他们，也觉得对他们感激。近代史所调查的问题之一是问到杨廷栋的后人是谁。惭愧得很，我虽然常常听到杨翼之的名字，却从未见过面，更不知他的后人——我实在很想见到他们，表达我们的感激。①

四

我父亲病后就到上海申报馆当"主笔"（这是我大姐的话，据

---

① 一九九二年，我得到杨翼之先生外孙女的信，欣知遥寄的感激已经寄到。

日本人编的参考资料①，我父亲是"上海申报社副编辑长"）。那时候，我已经和三姐跟随大姐同在上海启明女校读书，寄宿在校。老家仍在无锡，我们那个小家一九二〇年秋搬到上海，租居两上两下一宅弄堂房子。暑假里，有一天，我父亲的老友接我们到他家去玩。那位朋友就是和我父亲同窗的"稳健派"，后来参与了和日本人订"二十一条"的章宗祥。我父母讲到"二十一条"的时候，总把这位同窗称为"嘴巴"。据我猜想，大约认为他不是主脑，只起了"嘴巴"的作用（我从没问过，但想来猜得不错）。我记得父亲有一次和我讲到这件事，愤愤地说："他们喊喊喊喊喊，只瞒我一个！打量我都不知道吗！"我想，"嘴巴"是不愿听我父亲的劝阻或责备吧？我们家最初到北京，和他们家好像来往较多，以后就很疏远了。我记得在上海只到他们家去过一次，以后只我二姑母带着七妹妹去了一次，父母亲没再去过。

他们是用汽车来接我们一家的，父亲母亲带了两三个女儿同去。我还是个小土包子，没坐过汽车。车穿过闹市，开进一个幽静的地区。街道两旁绿树成荫，只听得一声声悠长的"知

---

① 《亚洲问题讲座》第十二卷，尾崎秀实主编《亚洲人名辞典》，昭和十五年（一九四〇）创元社刊。

了"、"知了"。进门就看见大片的绿草地，疏疏落落的大树，中间一座洋房显得矮而小；其实房子并不小，只因为四周的园地很大，衬得房子很小。我看见他们家的女儿在树荫下的草坪上玩，觉得她们真舒服。我父亲平时从不带孩子出去拜访人，只偶尔例外带我。我觉得有些人家尽管比我家讲究得多，都不如这一家的气派。那天回家后，大姐盛称他们家的地毯多厚，沙发多软。父亲意味深长地慨叹一声说："生活程度（现在所谓'生活水平'）不能太高的。"他只说了这么一句。可是这句话我父亲在不同的场合经常反复说，尽管语气不同，表情不同，我知道指的总是同一回事。父亲藏有这位朋友的一张照片，每次看了总点头喟叹说："绝顶聪明人……"言下无限惋惜。到如今，我看到好些"聪明人"为了追求生活的享受，或个人的利益，不惜出卖自己，也不顾国家的体面，就常想到我父亲对这位老友的感慨和惋惜。

我父亲病后身体渐渐复元，在申报馆当副主编的同时，又重操律师旧业。他承认自己喜欢说偏激的话。他说，这个世界上（指当时社会）只有两种职业可做，一是医生，二是律师（其实是指"自由职业"）。他不能做医生，只好当律师。他嫌上海社会太复杂，决计定居苏州。我们家随即又迁到苏州。可是租赁的房子只能暂时安身，做律师也得有个事务所。我母亲说，我家历年付的房租，足以自己盖一所房子了。可是我父亲自从在北京买了一辆马车，常半开玩笑半认真地说，有了"财产"，"从此多事矣"。他反对置买家产。

可是有些事不由自主。我家急需房子，恰恰有一所破旧的大房子要出卖。那还是明朝房子，都快倒塌了。有一间很高大的厅也已经歪斜，当地人称为"一文厅"。据说魏忠贤党人到苏州搜捕东林党人，民情激奋，引起动乱。魏党奏称"苏州五城（一说五万人）造反"。"徐大老爷"将"五城"（一说五万人）改为"五人"。苏州人感其恩德，募款为他建一楠木大厅。一人一文钱，顷刻而就，故名"一文厅"。张謇为我父亲题的匾上，"安徐堂"三个大字之外，有几行小字，说明房子是"明末宰相徐季鸣先生故居"[①]。据王佩诤《平江府志》，魏党毛一鹭曾为魏忠贤造生祠于虎丘。魏失势后，苏州士绅在魏阉生祠原址立"五人墓碑"，张溥作《五人墓碑记》[②]。

---

① 我弟弟杨保俶记下的。据专攻文献的田奕女士提供资料：徐如珂，字季鸣，吴县人，万历二十三年进士，除刑部主事，历郎中、太仆少卿，转左通政（宰相之职）。

② 吴楚村、吴调候选《古文观止》卷下末一篇。文章里只说"中丞以吴民之乱请于朝，按诛五人"。五人是自愿代"五城"或"五万人"死的义士。

我自从家里迁居苏州，就在当地的振华女中上学，寄宿在校，周末回家，见过那一大片住满了人的破房子。全宅二三十家，有平房，也有楼房。有的人家住得较宽敞，房子也较好。最糟的是"一文厅"，又漏雨，又黑暗，全厅分隔成三排，每排有一个小小的过道和三间房，每间还有楼上楼下。总共就是十八间小房，真是一个地道的贫民窟，挑担的小贩常说："我们挑担子的进了这个宅子，可以转上好半天呢。"

我父亲不精明，买下了这宅没人要的破房子，修葺了一部分，拆掉许多小破房子，扩大了后园，添种了花树，一面直说："从此多事矣！"据他告诉我，买房子花掉了他的一笔人寿保险费，修建是靠他做律师的收入。因为买房以后，祖母去世，大伯母一家基本上能自立，无锡老家的负担已逐渐减轻。房子费了两年左右才修建完毕。

我常挂念原先的二三十户人家到了哪里去。最近，有个亲戚偶来看我，说他去看了我们苏州的房子（我们已献给公家），现在里面住了五十来户。我大为惊诧，因为许多小破房子全都拆了，哪来那么多房间呢？不过小房子既能拆掉，也能一间间再搭上。一条宽走廊就能隔成几间房呢。许多小户合成一个大宅，一个大宅又分成许多小户，也是"分久必合，合久必分"的"天下大势"。

我父亲反对置买家产不仅是图省事，他还有一套原则。对本人来说，经营家产耗费精力，甚至把自己降为家产的奴隶；对子女来说，家产是个大害。他常说，某家少爷假如没有家产，可以有所作为，现成可"吃家当"，使他成了废物，也使他不图上进。所以我父亲明明白白地说过："我的子女没有遗产，我只教育他们能够自立。"我现在常想：靠了家产不图上进的大少爷即使还有，也不多了，可是捧着铁饭碗吃大锅饭而不求上进的却又那么多；"吃家当"是不行了，可是吃国家的财产却有多种方式。我父亲知道了又将如何感慨。

我在中学的时候，听父亲讲到同乡一位姓陆的朋友有两个在交通大学读书的儿子，"那两个孩子倒是有志气的，逃出去做了共产党。"① 我弟弟在上海同济读书的时候，带了一个同学到我家来。我听弟弟转述那人的议论，很像共产主义的进步思想。我父亲说那孩子是"有志气的"。但妙的是弟弟忽然私下对我说："你觉得吗，咱们爸爸很腐朽。"我断定这是他那位朋友的话，因为他称我弟弟为"安徐堂"的"少爷"。在他

---

① 指陆定一同志兄弟。

眼里，我父亲是一个大律师，住一宅宽廊大院的大宅子，当然是"腐朽的资产阶级"。我没有搬嘴，只觉得很滑稽，因为"腐朽的爸爸"有一套言论，和共产主义的口号很相近，我常怀疑是否偶合。例如我父亲主张自食其力，不能不劳而食。这和"不劳动者不得食"不是很相近吗？

我们搬入新居——只是房主自己住的一套较好的房子略加修葺，前前后后的破房子还没拆尽，到处都是鼻涕虫①和蜘蛛；阴湿的院子里，只要扳起一块砖，砖下密密麻麻的爬满了鼻涕虫。父亲要孩子干活儿，悬下赏格，鼻涕虫一个铜板一个，小蜘蛛一个铜板三个，大蜘蛛三个铜板一个。这种"劳动教育"其实是美国式的鼓励孩子赚钱，不是教育"劳动光荣"。我周末回家，发现弟弟妹妹连因病休学在家的三姐都在"赚钱"。小弟弟捉得最多，一百条鼻涕虫硬要一块钱（那时的一元银币值270—290铜板）。我听见母亲对父亲说："不好了，你把'老小'教育得惟利是图了。"可是物质刺激很有效，不多久，弟弟妹妹把鼻涕虫和蜘蛛都捉尽。母亲对"惟利是图"的孩子也有办法。钱都存在她手里，十几元也罢，几十

---

① 软体动物，像没壳的蜗牛而较肥大。

元也罢,过些时候,存户忘了讨账,"银行"也忘了付款,糊涂账渐渐化为乌有。就像我们历年的压岁钱一样。因为我们不必有私产,需钱的时候可以问母亲要。

假如我们对某一件东西非常艳羡,父亲常常也只说一句话:"世界上的好东西多着呢……"意思是:得你自己去争取。也许这又是一项"劳动教育",可是我觉得更像鼓吹"个人奋斗"。我私下的反应是:"天下的好东西多着呢,你能样样都有吗?"

我父亲又喜欢自称"穷人"。他经常来往的几个朋友一是"老人",一是"苦人"(因为他开口就有说不尽的苦事),一是"忙人"(因为他社会活动较多),一是父亲自称的"穷人"。我从父母的谈话里听来,总觉得"穷人"是对当时社会的一种反抗性的自诩,仿佛是说:"我是穷人,可是不羡慕你们富人。"所谓"穷",无非指不置家产,"自食其力"。不过我父亲似乎没有计较到当时社会上,"自食其力"是没有保障的;不仅病不得,老不得,也没有自由支配自己的时间,干自己喜爱或专长的事。

我父亲不爱做律师。他当初学法律,并不是为了做律师。律师的"光荣任务"是保卫孤弱者的权益,可是父亲只说是

"帮人吵架"。民事诉讼十之八九是为争夺财产；便是婚姻问题，底子里十之八九还是为了财产。我父亲有时忘了自己是律师而当起法官来，有时忘了自己是律师而成了当事人。

一次有老友介绍来一个三十来岁的人，要求我父亲设法对付他异母庶出的小妹妹，不让她承袭遗产。那妹妹还在中学读书。我记得父亲怒冲冲告诉母亲说："那么个又高又大的大男人，有脸说出这种话来！"要帮着欺负那个小妹妹也容易，或者可以拒不受理这种案件。可是我父亲硬把那人训了一顿，指出他不能胜诉（其实不是"不能"而是"不该"），结果父亲主持了他们分家。

有时候我父亲为当事人气愤不平，自己成了当事人，躺在床上还撇不开。他每一张状子都自己动笔，悉心策划，受理的案件一般都能胜诉。如果自己这一方有弱点，就和对方律师劝双方和解。父亲常说，"女太太"最奇怪，打赢了官司或者和解得称心，就好像全是辩护律师的恩惠。父亲认为那不过是按理应得的解决罢了。有许多委任他做辩护律师的当事人，事后就像我家的亲戚朋友一样，经常来往。有两个年轻太太曾一片至诚对我母亲叩头表示感谢；多年后还对我们姊妹像姊妹一样。

有些事不论报酬多高，我父亲决不受理。我记得那时候有个驻某国领事高瑛私贩烟土出国的大案件，那领事的亲信再三上门，父亲推说不受理刑事案。其实那是诳话。我祖母的丫头嫁一农民，她儿子酒后自称某革命组织的"总指挥"，法院咬定他是共产党，父亲出尽力还是判了一年徒刑。我记得一次大热天父亲为这事出庭回家，长衫汗湿了半截，里面的夏布短褂子汗湿得滴出水来。父亲已经开始患高血压症，我接过那件沉甸甸的湿衣，心上也同样的沉重。他有时到上海出庭，一次回来说，又揽了一件刑事案。某银行保险库失窃。父亲说，明明是经理监守自盗，却冤枉两个管库的老师傅。那两人叹气说，我们哪有钱请大律师呢。父亲自告奋勇为他们义务辩护。我听侦探小说似的听他向我母亲分析案情，觉得真是一篇小说的材料。可惜我到清华上学了，不知事情是怎样了局的。①

---

① 《当代》一九八三年五、六两期刊载了我回忆父亲的这篇文章，一九八四年八月六日，宁夏银川市一位财经部退休干部林壮志同志来信说，他对这件失窃案深知内情。他说我父亲"对案情的分析是正确的，那是一件监守自盗案"。他已写了《五十五年前无锡银行保险库失窃巨案真相》一文，"揭破半个世纪前这个疑案之谜"。据说那两个老师傅宣告无罪释放，案子"不了了之"。

那时苏州的法院贿赂公行。有的律师公然索取"运动费"（就是代当事人纳贿的钱）。"两支雪茄"就是二百元。"一记耳光"就是五百元。如果当事人没钱，可以等打赢了官司大家分肥，这叫做"树上开花"。有个"诗酒糊涂"的法官开庭带着一把小茶壶，壶里是酒。父亲的好友"忙人"也是律师，我记得他们经过仔细商量，合写了一个呈文给当时的司法总长（父亲从前的同学或朋友）。这些时，地方法院调来一个新院长。有人说，这人在美国坐过牢。父亲说："坐牢的也许是政治犯——爱国志士。"可是经调查证实，那人是伪造支票而犯罪的。我记得父亲长叹一声，没话可说。在贪污腐败的势力面前，我父亲始终是个失败者。

他有时伏案不是为当事人写状子。我偶尔听到父亲告诉母亲说："我今天放了一个'屁'。"或"一个大臭屁"或"恶毒毒的大臭屁"。过一二天，母亲就用大剪子从《申报》或《时报》上剪下这个"屁"。我只看见一个"评"字，上面或许还有一个"时"字吧？父亲很明显地不喜欢我们看，所以我从没敢偷读过。母亲把剪下的纸粘连成长条，卷成一大卷，放在父亲案头的红木大笔筒里。日寇占领苏州以后，我们回家，案上的大笔筒都没有了。那些"评"或许有"老圃"的签名,可是我还无缘到旧报纸上去查看。①

五

我父亲凝重有威,我们孩子都怕他,尽管他从不打骂。如果我们不乖,父亲只会叫急,喊母亲把淘气的孩子提溜出去训斥。锺书初见我父亲也有点怕,后来他对我说:"爸爸是'望之俨然,接之也温'。"我们怕虽怕,却和父亲很亲。他喜欢饭后孩子围绕着一起吃点甜食,常要母亲买点好吃的东西"放放焰口"。我十一岁的暑假,在上海,看见路上牵着草绳,绳上挂满了纸做的小衣小裤,听人家说"今天是盂兰盆会,放焰口"。我大惊小怪,回家告诉父母,惹得他们都笑了。可是"放焰口"还是我家常用的辞儿,不论吃的、用的、玩的,都可以要求"爸爸,放焰口!"

---

① 承华东师范大学阚绪良同志抄给我看徐铸成先生《报海旧闻》11页上一段文字:"我那时比较欣赏老圃的短文章,谈的问题小,而言之有物,文字也比较隽永。"

一九九二年,我的朋友们发现了大量署名"老圃"的文章,一九九三年将出版《老圃遗文辑》。

我家孩子多,母亲好像从没有空闲的时候。我们唱的儿歌都是母亲教的,可是她很少时间陪我们玩。我记得自己四五岁的时候,有一次在小木碗里剥了一堆瓜子仁,拉住母亲求她"真的吃"——因为往常她只做个姿势假吃。那一次她真吃了,我到今忘不了当时的惊喜和得意,料想她是看了我那一脸的快活而为我吃尽的。我六岁的冬天,有一次晚饭后,外面忽然刮起大风来。母亲说:"啊呀,阿季的新棉裤还没拿出来。"她叫人点上个洋灯,穿过后院到箱子间去开箱子。我在温暖的屋里,背灯站着,几乎要哭,却不懂自己为什么要哭。这也是我忘不了的"别是一般滋味"。

我父亲有个偏见,认为女孩子身体娇弱,不宜用功。据说和他同在美国留学的女学生个个短寿,都是用功过度,伤了身体。他常对我说,他班上某某每门功课一百分,"他是个低能!"反正我很少一百分,不怕父亲嘲笑。我在高中还不会辨平仄声。父亲说,不要紧,到时候自然会懂。有一天我果然四声都能分辨了,父亲晚上常踱过廊前,敲窗考我某字什么声。我考对了他高兴而笑,考倒了他也高兴而笑。父亲的教育理论是孔子的"大叩则大鸣,小叩则小鸣"。我对什么书表示兴趣,父亲就把那部书放在我书桌上,有时他得爬梯到书橱高处去拿；假如我长期不读，那部书就不见了——这就等于谴责。父亲为我买的书多半是诗词小说，都是我喜爱的。

对有些事父亲却严厉得很。我十六岁，正念高中。那时北伐已经胜利，学生运动很多，常要游行、开群众大会等。一次学生会要各校学生上街宣传——掇一条板凳，站上向街上行人演讲。我也被推选去宣传。可是我十六岁看来只像十四岁，一着急就涨红了脸。当时苏州风气闭塞，街上的轻薄人很会欺负女孩子。如果我站上板凳，他们准会看猴儿似的拢上来看，甚至还会耍猴儿。我料想不会有人好好儿听。学校里有些古板人家的"小姐"，只要说"家里不赞成"，就能豁免一切开会、游行、当代表等等。我周末回家就向父亲求救，问能不能也说"家里不赞成"。父亲一口拒绝。他说："你不肯，就别去，不用借爸爸来挡。"我说："不行啊，少数得服从多数呀。"父亲说："该服从的就服从；你有理，也可以说。去不去在你。"可是我的理实在难说，我能说自己的脸皮比别人薄吗？

父亲特向我讲了一个他自己的笑话。他当江苏省高等审判厅长的时候，张勋不知打败了哪位军阀胜利入京。江苏士绅联名登报拥戴欢迎。父亲在欢迎者名单里忽然发现了自己的名字。那是他属下某某擅自干的，以为名字既已见报，我父亲不愿意也只好罢了。可是我父亲怎么也不肯欢迎那位"辫帅",他说"名与器不可以假人",立即在报上登了一条大字的启事,声明自己没有欢迎。他对我讲的时候自己失笑,因为深知这番声明太不通世故了。他学着一位朋友的话说:"唉,补塘,声明也可以不必了。"但是父亲说:"你知道林肯说的一句话吗?Dare to say no! 你敢吗?"

我苦着脸说"敢!"敢,可惜不是为了什么伟大的目标,只是一个爱面子的女孩子不肯上街出丑罢了。所以我到校实在说不出一个充分的理由,只坚持"我不赞成,我不去"。这当然成了"岂有此理"。同学向校长告状,校长传我去狠狠训斥了一顿。我还是不肯,没去宣传。被推选的其他三人比我年长些,也老练些。她们才宣传了半天,就有个自称团长的国民党军官大加欣赏,接她们第二天到留园去宣传,实际上是请她们去游园吃饭。校长事后知道了大吃一惊,不许她们再出去宣传。我的"岂有此理"也就变为"很有道理"。

我父亲爱读诗,最爱杜甫诗。他过一时会对我说"我又从头到底读了一遍"。可是他不做诗。我记得他有一次悄悄对我说:"你知道吗?谁都做诗!连××(我们父女认为绝不能做诗的某亲戚)都在做诗呢!"父亲钻研的是音韵学,把各时代的韵书一字字推敲。我常取笑说:"爸爸读一个字儿、一个字儿的书。"抗战时期,我和锺书有时住在父亲那边。父亲忽发现锺书读字典,大乐,对我说:"哼哼,阿季,还有个人也在读一个字、一个字的书呢!"其实锺书读的不是一个个的字,而是一串串的字,但父亲得意,我就没有分辩。

有时候父亲教我什么"合口呼""撮口呼",我不感兴趣,父亲说我"喜欢词章之学",从不强我学他的一套。每晚临睡,他朗声读诗,我常站在他身边,看着他的书旁听。

自从我家迁居苏州,我就在苏州上学,多半时候住校,中间也有一二年走读。我记忆里或心理上,好像经常在父母身边;一回家就像小狗跟主人似的跟着父亲或母亲。我母亲管着全家里里外外的杂事,用人经常从前院到后园找"太太",她总有什么事在某处绊住了脚。她难得有闲,静静地坐在屋里,做一会儿针线,然后从搁针线活儿的藤匾里拿出一卷《缀白裘》边看边笑,消遣一会儿。她的卧房和父亲的卧房相连;两只大床中间隔着一个永远不关的小门。她床头有父亲特为她买的大字抄本八十回《石头记》,床角还放着一只台灯。她每晚临睡爱看看《石头记》或《聊斋》等小说,她也看过好些新小说。一次她看了几页绿漪女士的《绿天》,说:"这个人也学着苏梅的调儿。"我说："她就是苏梅呀。"很佩服母亲怎能从许多女作家里辨别"苏梅的调儿"。

我跟着父亲的时候居多。他除非有客，或出庭辩护，一上午总伏案写稿子，书案上常放着一叠裁着整整齐齐的竹帘纸充稿纸用，我常拣他写秃的长锋羊毫去练字。每晨早饭后，我给父亲泡一碗酽酽的盖碗茶。父亲饭后吃水果，我专司削皮；吃风干栗子、山核桃等干果，我专司剥壳。中午饭后，"放焰口"完毕，我们"小鬼"往往一哄而散，让父亲歇午。一次父亲叫住我说："其实我喜欢有人陪陪，只是别出声。"我常陪在旁边看书。冬天只我父亲屋里生个火炉，我们大家用煨炭结子的手炉和脚炉。火炉里过一时就需添煤，我到时轻轻夹上一块。姐姐和弟弟妹妹常佩服我能加煤不出声。

有一次寒假里，父亲歇午，我们在火炉里偷烤一大块年糕。不小心，火夹子掉在炉盘里，年糕掉在火炉里，乒乒乓乓闹得好响。我们闯了祸不顾后果，一溜烟都跑了。过些时偷偷回来张望，父亲没事人似的坐着工作。我们满处找那块年糕不见，却不敢问。因为刚刚饭后，远不到吃点心的时候呢。父亲在忍笑，却虎着脸。年糕原来给扔在字纸篓里了。母亲知道了准会怪我们闹了爸爸，可是父亲并没有戳穿我们干的坏事。他有时还帮我们淘气呢。记得有一次也是大冬天，金鱼缸里的水几乎连底冻了。一只只半埋在泥里的金鱼缸旁边都堆积着凿下的冰块。我们就想做冰淇淋，和父亲商量——因为母亲肯定不赞成大冬天做冰淇淋。父亲说，你们自己会做，就做去。我家有一只旧式的做冰淇淋的桶，我常插一手帮着做，所以也会，只是没有材料。我们胡乱偷些东西做了半桶，在"旱船"（后园的厅）南廊的太阳里摇了半天。木桶里的冰块总也不化，铁桶里的冰淇淋总也不凝，白赔了许多盐。我们只好向父亲求主意。父亲说有三个办法：一是冰上淋一勺开水；二是到厨房的灶仓里去做，那就瞒不过母亲了；三是到父亲房间里的火炉边摇去。我们采用了第三个办法，居然做成。只是用的材料太差，味道不好。父亲助兴尝了一点点，母亲事后知道也就没说什么。

一次，我们听父亲讲叫花子偷了鸡怎么做"叫花鸡"，我和弟弟妹妹就偷了一个鸡蛋，又在冻冰的咸菜缸里偷些菜叶裹上，涂了泥做成一个"叫花蛋"。这个泥蛋我们不敢在火炉子里烤，又不敢在厨房大灶的火灰里烤，只好在后园冒着冷风，拣些枯枝生个火，把蛋放在火里烧。我们给烟熏出来的眼泪险些冻冰。"叫花蛋"倒是大成功，有腌菜香。可惜一个蛋四人分吃，一口两口就吃光了，吃完才后悔没让父母亲分尝。

我父亲晚年常失眠。我们夏天为他把帐子里的蚊子捉尽。从前有一种捕蚊灯，只要一凑上，蚊子就吸进去烧死了。那时我最小的妹妹杨必①已有八九岁，她和我七妹两个是捉蚊子的先锋，我是末后把关的。珠罗纱的蚊帐看不清蚊子在里在外，尤其那种半透明的瘦蚊子。我得目光四扫，把帐子的五面和空中都巡看好几遍，保证帐子里没一只蚊子。

家里孩子逐渐长大，就不觉热闹而渐趋冷清。我大姐②在上海启明教书，她是校长嬷嬷（修女）宠爱的高足，一直留校教法文等课。我三姐最美而身体最弱，结婚较早，在上海居住。我和两个弟弟和七妹挨次只差一岁半，最小的八妹小我十一岁。他们好像都比我小得多。我已经不贪玩而贪看书了。父亲一次问我："阿季，三天不让你看书，你怎么样？"我说："不好过。""一星期不让你看书呢？"我说："一星期都白活了。"父亲笑说："我也这样。"我觉得自己升做父亲的朋友了。暑假里，乘凉的时候，门房每天给我送进几封信来。父亲

---

① 杨必，《剥削世家》和《名利场》（人民文学版）的译者。
② 杨寿康，曾翻译法国布厄端（P. Bourget）《死亡的意义》（商务版，一九四〇年）。

一次说:"我年轻的时候也有很多朋友。"他长吟"故人笑比中庭树,一日秋风一日疏"。我忽然发现我的父亲老了,虽然常有朋友来往,我觉得他很疲劳,也很寂寞。父亲五十岁以后,一次对我说:"阿季,你说一个人有退休的时候吗?——我现在想通了,要退就退,不必等哪年哪月。"我知道父亲自觉体力渐渐不支,他的血压在升高,降压灵之类的药当时只是神话。父亲又不信中药,血压高了就无法叫它下降。他所谓"退休",无非减少些工作,加添些娱乐,每日黄昏,和朋友出去买点旧书、古董或小玩意儿。他每次买了好版子的旧书,自己把蜷曲或破残的书角补好,叫我用预的白丝线双线重订。他爱整齐,双线只许平行,不许交叉,结子也不准外露。父亲的小玩意儿玩腻了就收在一只红木笔筒里。我常去翻弄。我说:"爸爸,这又打入'冷宫'了?给我吧。"我得的玩意儿最多。小弟弟有点羡慕,就建议"放焰口",大家就各有所得。

  父亲曾花一笔钱买一整套古钱,每一种都有配就的垫子和红木或楠木盒子。一次父亲病了,觉得天旋地转,不能起床,就叫我把古钱一盒盒搬到床上玩弄,一面教我名称。我却爱用自己的外行名字如"铲刀钱""裤子钱"之类。我心不在焉,只想怎样能替掉些父亲的心力。

我考大学的时候，清华大学刚收女生，但是不到南方来招生。我就近考入东吴大学。上了一年，大学得分科，老师们认为我有条件读理科。因为我有点像我父亲嘲笑的"低能"，虽然不是每门功课一百分，却都平均发展，并无特长。我在融洽而优裕的环境里生长，全不知世事。可是我很严肃认真地考虑自己"该"学什么。所谓"该"，指最有益于人，而我自己就不是白活了一辈子。我知道这个"该"是很夸大的，所以羞于解释。父亲说，没什么该不该，最喜欢什么，就学什么。我却不放心。只问自己的喜爱，对吗？我喜欢文学，就学文学？爱读小说，就学小说？父亲说，喜欢的就是性之所近，就是自己最相宜的。我半信不信，只怕父亲是纵容我。可是我终究不顾老师的惋惜和劝导，文理科之间选了文科。我上的那个大学没有文学系，较好的是法预科和政治系。我选读法预，打算做我父亲的帮手，借此接触到社会上各式各样的人，积累了经验，可以写小说。我父亲虽说随我自己选择，却竭力反对我学法律。他自己不爱律师这个职业，坚决不要我做帮手，况且我能帮他干什么呢？我想父亲准看透我不配——也不能当女律师（在当时的社会上，女律师还是一件稀罕物儿）。我就改入政治系。我对政治学毫无兴趣，功课敷衍过去，课余只在图书馆胡乱看书，渐渐了解：最喜爱的学科并不就是最容易的。我在中学背熟的古文"天下一致而百虑，同归而殊途"还深印在脑里。我既不能当医生治病救人，又不配当政治家治国安民，我只能就自己性情所近的途径，尽我的一份力。如今我看到自己幼而无知，老而无成，当年却也曾那么严肃认真地要求自己，不禁愧汗自笑。不过这也足以证明：一个人没有经验，没有学问，没有天才，也会有要好向上的心——尽管有志无成。

那时候的社会风尚，把留学看得很重，好比"宝塔结顶"，不出国留学就是功亏一篑——这种风尚好像现在又恢复了。父亲有时跟我讲，某某亲友自费送孩子出国，全力以赴，供不应求，好比孩子给强徒掳去做了人质，由人勒索，因为做父母的总舍不得孩子在国外穷困。父亲常说，只有咱们中国的文明，才有"清贫"之称。外国人不懂什么"清贫"，穷人就是下等人，就是坏人。要赚外国人的钱，得受尽他们的欺侮。我暗想这又是父亲的偏见，难道只许有钱人出国，父亲自己不就是穷学生吗？也许是他自己的经验或亲眼目睹的情况吧。孩子留学等于做人质的说法，只道出父母竭力供应的苦心罢了。我在大学三年的时候，我母校振华女中的校长为我请得美国韦尔斯利女子大学的奖学金。据章程，自备路费之外，每年还需二倍于学费的钱,作假期间的费用和日常的零用。但是那位校长告诉我,用不了那么多。我父母说,我如果愿意,可以去。可是我有两个原因不愿去。一是记起"做人质"的话,不忍添我父亲的负担。二是我对留学自有一套看法。我系里的老师个个都是留学生,而且都有学位。我不觉得一个洋学位有什么了不起。我想,如果到美国去读政治学(我得继续本大学的课程),宁可在本国较好的大学里攻读文学。我告诉父母亲我不想出国读政治,只想考清华研究院攻读文学。后来我考上了,父母亲都很高兴。母亲常取笑说:"阿季脚上拴着月下老人的红丝呢,所以心心念念只想考清华。"

可是我离家一学期,就想家得厉害,每个寒假暑假都回家。第一个暑假回去,高兴热闹之后,清静下来,父亲和我对坐的时候说:"阿季,爸爸新近闹个笑话。"我一听口气,不像笑话。原来父亲一次出庭忽然说不出话了。全院静静地等着等着,他只是开不出口,只好延期开庭。这不是小小的中风吗?我只觉口角抽搐,像小娃娃将哭未哭的模样,忙用两手捂住脸,也说不出话,只怕一出声会掉下泪来。我只自幸放弃了美国的奖学金,没有出国。

父亲回身搬了许多大字典给我看。印地文的,缅甸文的,印尼文的,父亲大约是要把邻近民族的文字和我国文字——尤其是少数民族的文字相比较。他说他都能识字了。我说学这些天书顶费脑筋。父亲说一点不费心。其实自己觉得不费心,费了心自己也不知道。母亲就那么说。

我父亲忙的时候,状子多,书记来不及抄,就叫我抄。我得工楷录写,而且不许抄错一个字。我的墨笔字非常恶劣,心上愈紧张,错字愈多,只好想出种种方法来弥补。我不能方方正正贴补一块,只好把纸摘去不整不齐的一星星,背后再贴上不整不齐的一小块,看来好像是状纸的毛病。这当然逃不过我父亲的眼睛,而我的错字往往逃过我自己的眼睛。父亲看了我抄的状子就要冒火发怒,我就急得流泪——这也是先发制人,父亲就不好再责怪我。有一次我索性撒赖不肯抄了。我说:"爸爸要'火冒'(无锡话'发怒')的。"父亲说:"谁叫你抄错?"我说没法儿不错。父亲教我交了卷就躲到后园去。我往往在后园躲了好一会回屋,看看父亲脸上还余怒未消。但是他见了我那副做贼心虚的样儿,忍不住就笑了。我才放了心又哭又笑。

父亲那次出庭不能开口之后,就结束了他的律师事务。他说还有一个案件未了,叫我代笔写个状子。他口述了大意,我就写成稿子。父亲的火气已经消尽。我准备他"火冒",他却一句话没说，只动笔改了几个字，就交给书记抄写。这是我惟一一次做了父亲的帮手。

我父亲当律师，连自己的权益也不会保障。据他告诉我，该得的公费，三分之一是赖掉了。父亲说，也好，那种人将来打官司的事还多着呢，一次赖了我的，下次就不敢上门了。我觉得这是"酸葡萄"论，而且父亲也太低估了"那种人"的老面皮。我有个小学同班，经我大姐介绍，委任我父亲帮她上诉争遗产。她赢了官司，得到一千多亩良田，立即从一个穷学生变为阔小姐，可是她没出一文钱的公费。二十年后，抗战期间，我又碰见她。她通过我又请教我父亲一个法律问题。我父亲以君子之心度人，以为她从前年纪小，不懂事，以后觉得惭愧，所以借端又来请教，也许这番该送些谢仪了。她果然送了。她把我拉到她家，请我吃一碗五个汤团。我不爱吃，她殷勤相劝，硬逼我吃下两个。那就是她送我父亲的酬劳。

我常奇怪，为什么有人得了我父亲的帮助，感激得向我母亲叩头，终身不忘。为什么有人由我父亲的帮助得了一千多亩好田，二十年后居然没忘记她所得的便宜；不顾我父亲老病穷困，还来剥削他的脑力，然后用两个汤团来表达她的谢意。为什么人与人之间的差异竟这么大？

我们无锡人称"马大哈"为"哈鼓鼓",称"化整为零"式的花钱为"摘狗肝"。我父亲笑说自己"哈鼓鼓"(如修建那宅大而无当的住宅,又如让人赖掉公费等),又爱"摘狗肝"(如买古钱、古玩、善本书之类);假如他精明些,贪狠些,至少能减少三分之二的消耗,增添三分之一的收入。但是他只作总结,并无悔改之意。他只管偷工夫钻研自己喜爱的学问。

我家的人口已大为减少。一九三〇年,我的大弟十七岁,肺病转脑膜炎去世。我家有两位脾气怪僻的姑太太——我的二姑母和三姑母,她们先后搬入自己的住宅。小弟弟在上海同济上学。我在清华大学研究院肄业。一九三五年锺书考取英庚款赴英留学,我不等毕业,打算结了婚一同出国①,那年我只有一门功课需大考,和老师商量后也用论文代替,我就提早一个月回家。

我不及写信通知家里,立即收拾行李动身。我带回的箱子铺盖都得结票,火车到苏州略过午时,但还要等货车卸下行李,领取后才雇车回去,到家已是三点左右。我把行李撇在门

---

① 清华研究院各系毕业生都送出国留学,只有外语系例外,毕业也不得出国。

口,如飞的冲入父亲屋里。父亲像在等待。他"哦!"了一声,一掀帐子下床说"可不是来了!"他说,午睡刚合眼,忽觉得我回家了。听听却没有声息,以为在母亲房里呢,跑去一看,阒无一人,想是怕搅扰他午睡,躲到母亲做活儿的房间里去了,跑到那里,只见我母亲一人在做活。父亲说:"阿季呢?"母亲说:"哪来阿季?"父亲说:"她不是回来了吗?"母亲说:"这会子怎会回来。"父亲又回去午睡,左睡右睡睡不着。父亲得意说:"真有心血来潮这回事。"我笑说:"一下火车,心已经飞回家来了。"父亲说:"曾母啮指,曾子心痛,我现在相信了。"父亲说那是第六觉,有科学根据。

我出国前乘火车从无锡出发,经过苏州,火车停在月台旁,我忽然泪下不能抑制,父亲又该说是第六觉了吧?——感觉到父母正在想我,而我不能跳下火车,跑回家去再见他们一面。有个迷信的说法:那是预兆,因为我从此没能再见到母亲。

六

有一次,我旁观父母亲说笑着互相推让。他们的话不知是怎么引起的,我只听见母亲说:"我死在你头里。"父亲说:

"我死在你头里。"我母亲后来想了一想,当仁不让说:"还是让你死在我头里吧,我先死了,你怎么办呢。"当时他们好像两人说定就可以算数的;我在一旁听着也漠然无动,好像那还是很遥远的事。

日寇第一次空袭苏州,一架日机只顾在我们的大厅上空盘旋,大概因为比一般民房高大,怀疑是什么机构的建筑。那时候法币不断跌价,父母亲就把银行存款结成外汇,应弟弟的要求,打发他出国学医。七妹在国专上学,也学国画,她刚在上海结婚。家里只有父母亲和大姐姐小妹妹。她们扶着母亲从前院躲到后园,从后园又躲回前院。小妹妹后来告诉我说:"真奇怪,害怕了会泻肚子。"她们都泻肚子,什么也吃不下。第二天,我父母亲带着大姐姐小妹妹和两个姑母,逃避到香山一个曾委任我父亲为辩护律师的当事人家里去。深秋天,我母亲得了"恶性疟疾"——不同一般疟疾,高烧不退。苏州失陷后,香山那一带准备抗战,我父母借住的房子前面挖了战壕,那宅房子正在炮火线里。邻近人家已逃避一空。母亲病危,奄奄一息,父亲和大姐打算守着病人同归于尽。小妹妹才十五岁,父亲叫她跟着两个姑母逃难。可是小妹妹怎么也不肯离开,所以她也留下了。香山失陷的前夕,我母亲去世。父亲事先用几担白米换得一具棺材,第二天,父女三个把母亲入殓,找人在濛濛阴雨中把棺材送到借来的坟地上。那边我国军队正在撤退,母亲的棺材在兵队中穿过。当天想尽办法,请人在棺材外边砌一座小屋,厝在坟地上。据大姐讲,我父亲在荒野里失声恸哭,又在棺木上、瓦上、砖上、周围的树木上、地下的砖头石块上——凡是可以写字的地方写满自己的名字。这就算连天兵火中留下的一线联系,免得抛下了母亲找不回来。然后,他不得不舍下四十年患难与共的老伴儿,带了两个女儿到别处逃生。

他们东逃西逃,有的地方是强盗土匪的世界,有的已被敌军占领,无处安身,只好冒险又逃回苏州。苏州已是一座死城,街上还有死尸。家里却灯火通明,很热闹。我大姐姐说,看房子的两人(我大弟的奶妈家人)正伙同他们的乡亲"各取所需"呢。主人回来,出于意外,想必不受欢迎。那时家里有存米,可吃白饭。看房子的两人有时白天出去,伺敌军抢劫后,拾些劫余。一次某酱园被劫,他们就提回一桶酱菜,一家人下饭吃。日本兵每日黄昏吹号归队以后,就挨户找"花姑娘"。姐姐和妹妹在乡下的时候已经剃了光头,改成男装。家里还有一个跟着逃难的女佣。每天往往是吃晚饭的时候,日本兵就接二连三地来打门。父亲会日语，单独到门口应付。姐姐和妹妹就躲入柴堆，连饭碗筷子一起藏起来。那女佣也一起躲藏。她愈害怕呼吸愈重，声如打鼾。大姐说，假如敌人进屋，准把她们从柴堆里拉出来。那时苏州成立了维持会，原为我父亲抄写状子的一个书记在里面谋得了小小的差使。父亲由他设法，传递了一个消息给上海的三姐。三姐和姐夫由一位企业界知名人士的帮助，把父亲和大姐姐小妹妹接到上海。三人由苏州逃出，只有随身的破衣服和一个小小的手巾包。

一九三八年十月，我回国到上海，父亲的长须已经剃去，大姐姐小妹妹也已经回复旧时的装束。我回国后父亲开始戒掉安眠药，神色渐渐清朗，不久便在震旦女子文理学院教一门《诗经》，聊当消遣。不过他挂心的是母亲的棺材还未安葬。他拿定厝棺的地方只他一人记得，别人谁也找不到。那时候乡间很不安宁，有一种盗匪专掳人勒赎，称为"接财神"。父亲买得灵岩山"绣谷公墓"的一块墓地，便到香山去找我母亲的棺材。有一位曾对我母亲磕头的当事人特到上海来接我父亲到苏州，然后由她家人陪我父亲挤上公共汽车下乡。父亲摘掉眼镜，穿上一件破棉袍，戴上一顶破毡帽。事后听陪去的人笑说，化装得一点不像，一望而知是知识分子，而且像个大知识分子。父亲完成了任务，平安回来。母亲的棺材已送到公墓的礼堂去上漆了。

一九四〇年秋，我弟弟回国。父亲带了我们姐妹和弟弟同回苏州。我二姑母买的住宅贴近我家后园，有小门可通。我们到苏州，因火车误点，天已经很晚。我们免得二姑母为我们备晚饭，路过一家饭馆，想进去吃点东西，可是已过营业时间。店家却认识我们，说我家以前请客办酒席都是他们店里承应的，殷勤招待我们上楼。我们虽然是老主顾，却从未亲身上过那家馆子。我们胡乱各吃一碗面条，不胜今昔之感。

我们在二姑母家过了一宵，天微亮，就由她家小门到我家后园。后园已经完全改了样。锺书那时在昆明。他在昆明曾寄我《昆明舍馆》七绝四首。第三首"苦爱君家好巷坊，无多岁月已沧桑，绿槐恰在朱栏外，想发浓荫覆旧房"。他当时还没见到我们劫后的家。

我家房子刚修建完毕，母亲应我的要求，在大杏树下竖起一个很高的秋千架，悬着两个秋千。旁边还有个荡木架。可是荡木用的木材太预，下圆上平，铁箍铁链又太笨重，只可充小孩的荡船用。我常常坐在荡木上看书，或躺在荡木上，仰看"天澹云闲"。春天，闭上眼只听见四周蜜蜂嗡嗡，睁眼能看到花草间蝴蝶乱飞。杏子熟了,接下等着吃樱桃、枇杷、桃子、石榴等。橙子黄了,橘子正绿。锺书吃过我母亲做的橙皮果酱,我还叫他等着吃熟透的脱核杏儿,等着吃树上现摘的桃儿。可是想不到父亲添种的二十棵桃树全都没了。因为那片地曾选作邻近人家共用的防空洞,平了地却未及挖坑。秋千、荡木连架子已都不知去向。玉兰、紫薇、海棠等花树多年未经修剪,都变得不成模样。篱边的玫瑰、蔷薇都干死了。紫藤架也歪斜了,山石旁边的芭蕉也不见了。记得有一年,三棵大芭蕉各开一朵"甘露花"。据说吃了"甘露"可以长寿。我们几个孩子每天清早爬上"香梯"(有架子能独立的梯)去摘那一叶含有"甘露"的花瓣,"献"给母亲进补——因为母亲肯"应酬"我们,父亲却不屑吃那一滴甜汁。我家原有许多好品种的金鱼;幸亏已及早送人了。干涸的金鱼缸里都是落叶和尘土。我父亲得意的一丛方竹已经枯瘁,一部分已变成圆竹。反正绿树已失却绿意,朱栏也无复朱颜。"旱船"廊下的琴桌和细磁鼓凳一无遗留,里面的摆设也全都没有了。我们从荒芜的后园穿过月洞门,穿过梧桐树大院,转入内室。每间屋里,满地都是凌乱的衣物,深可没膝。所有的抽屉都抽出原位,颠横倒竖,半埋在什物下。我把母亲房里的抽屉一一归纳原处,地下还拣出许多零星东西：小银匙，小宝石，小象牙梳子之类。母亲整理的一小网篮古磁器，因为放在旧网篮里，居然平平安安躲在母亲床下。堆箱子的楼上，一大箱古钱居然也平平安安躲在箱子堆里，因为箱子是旧的，也没上锁，打开只看见一只只半旧的木盒。凡是上锁的箱子都由背后划开，里面全是空的。我们各处看了一遍，大件的家具还在，陈设一无留存。书房里的善本书丢了一部分，普通书多半还在。天黑之后，全宅漆黑，据说电线年久失修，供电局已切断电源。

父亲看了这个劫后的家，舒了一口气说，幸亏母亲不在了，她只怕还想不开，看到这个破败的家不免伤心呢。我们在公墓的礼堂上，看到的只是漆得乌光锃亮的棺材。我们姐妹只能隔着棺木抚摩，各用小手绢把棺上每一点灰尘都拂拭干净。想不到棺材放入水泥圹，倒下一筐筐的石灰，棺材全埋在石灰里，随后就用水泥封上。父亲对我说，水泥最好，因为打破了没有用处；别看石板结实，如逢乱世，会给人撬走。这句话，父亲大概没和别人讲。胜利前夕我父亲突然在苏州中风去世，我们夫妇、我弟弟和小妹妹事后才从上海赶回苏州，葬事都是我大妹夫经管的。父亲的棺材放入母亲墓旁同样的水泥圹里，而上面盖的却是两块大石板。临时决不能改用水泥。我没说什么,只深深内疚,没有及早把父亲的话告诉别人。我也一再想到父母的戏言:"我死在你头里";父亲周密地安葬了我母亲,我们儿女却是漫不经心。多谢红卫兵已经把墓碑都砸了。但愿我的父母隐藏在灵岩山谷里早日化土,从此和山岩树木一起,安静地随着地球运转。

七

自从我回国,父亲就租下两间房,和大姐姐小妹妹同住。我有时住钱家,有时住父亲那边。锺书探亲回上海,也曾住在我父亲那边。三姐姐和七妹妹经常回娘家。父亲高兴说:"现在反倒挤在一处了!"不像在苏州一家人分散几处。我在钱家住的时候,也几乎每天到父亲那里去转一下。我们不论有多少劳瘁辛苦,一回家都会从说笑中消散。抗战末期,日子更艰苦了。锺书兼做补习老师,得了什么好吃的,总先往父亲那儿送,因为他的父母都不在上海了。父亲常得意说:"爱妻敬丈人。"(无锡土话是"爱妻敬丈姆")有时我们姊妹回家,向父亲诉苦:"爸爸,肚子饿。"因为虽然塞满了仍觉得空虚。父亲就带了我们到邻近的锦江饭店去吃点心。其实我们可以请父亲吃,不用父亲再"放焰口"。不过他带了我们出去,自己心上高兴,我们心理上也能饱上好多天。抗战胜利前夕父亲特回苏州去卖掉了普通版的旧书,把书款向我们"放焰口"——那是末一遭的"放焰口"。

父亲在上海的朋友渐渐减少。他一次到公园散步回家说,谣传杨某(父亲自指)眼睛瞎掉了。我吃惊问怎会有这种谣言。原来父亲碰到一个新做了汉奸的熟人,没招呼他,那人生气,骂我父亲眼里无人。有一次我问父亲,某人为什么好久不来。父亲说他"没脸来了",因为他也"下海"了。可是抗战的那几年,我父亲心情还是很愉快的,因为愈是在艰苦中,愈见到自己孩子对他的心意。他身边还有许多疼爱的孙儿女——父亲不许称"外孙"或"外孙女",他说,没什么"内孙""外孙"。他也不爱"外公"之称。我的女儿是父亲偏宠的孙女之一,父亲教她称自己为"公"而不许称"外公"。缺憾是母亲不在,而这又是惟一的安慰,母亲可以不用再操心或劳累。有时碰到些事,父亲不在意,母亲料想不会高兴,父亲就说,幸亏母亲不在了。

我们安葬了母亲之后,有同乡借住我家的房子。我们不收租,他们自己修葺房子,并接通电线。那位乡绅有好几房姨太太，上辈还有老姨太，恰好把我们的房子住满。我父亲曾带了大姐和我到苏州故居去办手续。晚上，房西招待我们在他卧房里闲谈。那间房子以前是我的卧房。他的床恰恰设在我原先的床位上。电灯也在原处。吃饭间里，我母亲设计制造的方桌、圆桌都在——桌子中间有个可开可合的圆孔，下面可以放煤油炉，汤锅炖在炉上，和桌上的碗碟一般高低，不突出碍手。我们的菜橱也还在原处。我们却从主人变成了客人，恍然如在梦中。

这家搬走后，家里进驻了军队，耗掉了不知多少度的电，我们家还不起，电源又切断了。胜利前夕，上海有遭到"地毯轰炸"的危险，小妹妹还在震旦女子文理学院上学，父亲把她托给我，他自己带着大姐和三姐的全家到苏州小住。自从锺书沦陷在上海，父亲把他在震旦教课的钟点让了给锺书，自己就专心著书。他曾高兴地对我说："我书题都想定了，就叫《诗骚体韵》。阿季，传给你！"他回苏州是带了所需的书走的。

父亲去世后，我末一次到苏州旧宅。大厅上全堂红木家具都已不知去向。空荡荡的大厅上，停着我父亲的棺材。前面搭着个白布幔，挂着父亲的遗容，幔前有一张小破桌子。我像往常那样到厨下去泡一碗酽酽的盖碗茶，放在桌上，自己坐在门槛上傻哭，我们姐妹弟弟一个个凄凄惶惶地跑来，都只有门槛可坐。

开吊前,搭丧棚的人来缠结白布。大厅的柱子很粗,远不止一抱。缠结白布的人得从高梯上爬下,把白布绕过柱子,再爬上梯去。这使我想起我结婚时缠结红绿彩绸也那么麻烦,联想起三姐结婚时的盛况,联想起新屋落成、装修完毕那天,全厅油漆一新,陈设得很漂亮。厅上悬着三盏百支光的扁圆大灯,父亲高兴,叫把全宅前前后后大大小小的灯都开亮。苏州供电有限,全宅亮了灯,所有的灯光立即减暗了。母亲说,快别害了人家;忙关掉一部分。我现在回想,盛衰的交替,也就是那么一刹那间,我算是亲眼看见了。

我父亲去世以后,我们姐妹曾在霞飞路(现淮海路)一家珠宝店的橱窗里看见父亲书案上的一个竹根雕成的陈抟老祖像。那是工艺品,面貌特殊,父亲常用"棕老虎"(棕制圆形硬刷)给陈抟刷头皮。我们都看熟了,绝不会看错。又一次,在这条路上另一家珠宝店里看到另一件父亲的玩物,隔着橱窗里陈设的珠钻看不真切,很有"是耶非耶"之感。我们忍不住在一家家珠宝店的橱窗里寻找那些玩物的伴侣,可是找到了又怎样呢?我们家许多大铜佛给大弟奶妈家当金佛偷走,结果奶妈给强盗拷打火烫,以致病死,偷去的东西大多给抢掉,应了俗语所谓"汤里来,水里去"。父亲留着一箱古钱,准备充小妹妹留学的费用。可是她并没有留学。日寇和家贼劫余的古磁、古钱和善本书籍，经过红卫兵的"抄"，一概散失，不留痕迹。财物的聚散，我也亲眼见到了。

我父亲根本没有积累家产的观念，身外之物，人得人失，也不值得挂念。我只伤心父亲答应传给我的《诗骚体韵》遍寻无着，找到的只是些撕成小块的旧稿。我一遍比一遍找得仔细，咽下大量拌足尘土的眼泪，只找出旧日记一捆。我想从最新的日记本上找些线索，只见父亲还在上海的时候，记着"阿×来，馈××"。我以为他从不知道我们送了什么东西去，因为我们只悄悄地给父亲装在瓶儿罐儿里，从来不说。我惊诧地坐在乱书乱纸堆里，发了好一会呆。我常希望梦见父亲，可是我只梦见自己蹲在他的床头柜旁，拣看里面的瓶儿罐儿。我知道什么是他爱吃而不吃的，什么是不爱吃而不吃的。我又一次梦见的是我末一次送他回苏州，车站上跟在背后走，看着他长袍的一角在掀动。父亲的脸和那部《诗骚体韵》的稿子，同样消失无踪了。

我父亲在上海经常晤面的一位老友有挽词五首和附识一篇，我附在后面，因为读了他的"附识"，可约略知道《诗骚体韵》的内容。

读他的挽词，似乎惋惜我父亲的子女不肖，不能继承父学；他读了我的回信，更会叹恨我们子女无知，把父亲的遗稿都丢失了。"附识"中提到的《释面》《释笑》等类小文一定还有，可是我连题目都不知道。父亲不但自己不提，而且显然不要我看；我也从未违反他没有明说的意思。《诗骚体韵》一书，父亲准是自己不满意而毁了，因为我记得他曾说过，他还想读什么什么书而不可得。假如他的著作已经誊清，他一定会写信告诉我。毁掉稿子当是在去世前不久，他给我的信上一字未提起他的书，我两个姐姐都一无所知。父亲毁掉自己的著作，罪过还在我们子女。一个人精力有限，为子女的成长教育消耗了太多的精力，就没有足够的时间写出自己满意的作品来。

我读了《堂吉诃德》，总觉得最伤心的是他临终清醒以后的话："我不是堂吉诃德，我只是善人吉哈诺。"我曾代替父亲说："我不是堂吉诃德，我只是《诗骚体韵》的作者。"我如今只能替我父亲说："我不是堂吉诃德，我只是你们的爸爸。"

我常和锺书讲究，我父亲如果解放后还在人间，他会像"忙人"一样，成为被"统"的"开明人士"呢，还是"腐朽的资产阶级"呢？父亲末一次离开上海的时候，曾对我卖弄他从商店的招牌上认识的俄文字母，并对我说："阿季，你看吧，战后的中国是俄文世界。"我不知道他将怎样迎接战后的新中国，料想他准会骄傲得意。不过，像我父亲那样的人，大概是会给红卫兵打死的。

我有时梦想中对父亲说："爸爸，假如你和我同样年龄，《诗骚体韵》准可以写成出版。"但是我能看到父亲虎着脸说："我只求出版自己几部著作吗？"

像我父亲那样的知识分子虽然不很普遍，却也并不少。所以我试图尽我的理解，写下有关我父亲的这一份资料。

一九八三年发表

附录一
补塘兄挽词五首

同学小弟侯士绾皋生

华年卓荦笑拘虚，两渡沧瀛穷地舆。返国久亲三尺法，闭门更读五车书。养疴暂止悬河口，投老欣逢滨海居。四十年来各奔走，幸今略补旧交疏。

扰扰粗才窥管天，纷纷俗子耘心田。心期独洽刘原父，腹笥交推边孝先。大小钟鸣随杵叩，浅深水潋得犀燃。俞章绝业今谁继，俯仰乾坤一泫然。

谁省人间万窍号，权衡今古析秋毫。法言切韵寻源远，神瞽调音造诣高。早岁准绳循段孔，暮年金玉在诗骚（兄著《诗骚声势》待刊）。太玄传后差堪必，心力宁为覆瓿劳。

六书原委极钻磨，愧我青编轻读过。欲向楚金愧叔重，反同海岳哭东坡。茅亭质证成陈迹，水榭追随感逝波。自古儒林多大辈，于君独靳奈天何。

相期共待泰阶平，旧学商量娱此生。匝月偶逢生鄙吝，踵门一见说归程。方夸元亮幽居乐，遽听彦龙蒿里声。任昉不堪思惜别，悲怀未叙泪先倾。

补塘兄深于说文音韵之学，余与在大兴公园晤谈最多，四五年如一日。余尝为言我国语言文学音节之美，实在双声叠韵，而善于运用者，莫若司马相如《大人赋》，惜昭明寡识，《文选》失收。兄谓《诗经》一书，实为古时音韵谱，节奏尤美，殆均经瞽矇审定，所用双声叠韵，配列甚匀，多为对偶，如周南《卷耳》二章之崔嵬虺隤，三章之高冈玄黄，尤为显著。尝推本许氏《说文》声母通假，求得同声同韵之字，视前为多，再依据孔广森阴阳声对转之说，求得对转通韵之字，愈益加多，以此周颂《清庙》，历来音韵家称为无韵者，均能有韵。兹正将《诗经》逐字逐句加注音韵，颇多创获。予谓兄言诗之成韵不仅在句尾，有在句中者，如曹风《下泉》前三章之彼我两字，早经揭示，又各章往往仅有少数换韵之字不同，余皆同句同字，此相同之字虽不在一章，亦自然成韵，如周南《樛木》三章，仅有首章之纍绥、次章之荒将、三章之萦成换字换韵，其余字句皆同，皆应成韵。余藏丁以此著《毛诗正韵》，照此求韵，所得较前人大为增多。见亟索观，旋为余言丁书甚精辟，大堪参究，尤嘉其遇不得解处能虚怀阙疑，惟不知采用阴阳声对转之说，致所收成韵之字仍多遗漏。后为余言《诗经音韵》已注就，并草成凡例，又以屈子《离骚》音调差堪比美，亦为加注如前，盖历久而两书始成，合名之曰《诗骚声势》①，……据称系用铅笔缮写，仍时加校正……此书稿本似应在苏寓……望善为保存，将来设法刊行，以传绝学……又余曾见兄署名"老圃"在《新闻报》登载《释面》、《释笑》、《自称》三篇，文字征引既博，树义亦精，不知关于此类著述以及其它，府上存否稿本……如能搜集，亦希保存，俟他日刊印论丛等书，以广其传，实为余区区所深望也。三十四年（一九四五）八月十二日侯皋生附识。

---

① 我父亲后来改为《诗骚体韵》。

附录二
申辩中之高检长惩戒案

本文见一九一七年五月二十五、二十六日《申报》要闻。一九九三年三月由翟国璋先生发现。《杨荫杭申辩书》不及编入集中，特与司法部呈大总统文一并附录于此。

高检长杨荫杭因传讯×××交付惩戒，杨已向惩戒会提出《申辩书》，会中对于此事，已开过调查会一次，不日当有结果。兹觅得司法部请交惩戒之原呈及杨检长之《申辩书》并录于下。此案之是非曲直，亦可略见一斑矣。

司法部呈文

呈为检察官违背职务，请予停止职务，交司法官惩戒委员会议处事。窃查侦查犯罪，固属检察官之职权，惟对于犯罪人非有相当证据、较著事实、认为确有犯罪嫌疑，不得施行强制处分、率行传讯、拘押及搜索。此所以尊重宪法，保障人权也。本月四日，京师高等检察厅，将×××传讯拘禁于看守所，并搜索其家宅，既未奉令交办，亦无人告诉告发，而又乏相当之犯罪证据。仅以报纸之攻击、议会之质问、道路之传闻为理由，即行传讯拘禁及搜索，实属意气用事，违背职务。若不加以惩处，恐司法官流于专横，以国家保护秩序之法权，为个人挟嫌报复之利器，必至法厅失其信用，社会蒙其弊害，殊非国家明刑弼政之道。谨依据《司法官惩戒法》第一条第一项及第三十一条第二项之规定，拟请将京师高等检察厅检察长杨荫杭及检察官张汝霖均以明令停止职务，交司法官惩戒委员会议处。是否有当，理合恭呈，仰祈大总统训示施行。谨呈。

杨荫杭申辩书

查敝厅办理×××一案，自开始侦查后，凡传唤、讯问、搜查证据及交地方厅继续侦查，一切按照法律办理，本无丝毫不合。乃司法总长张耀曾忽以为违背职务，呈大总统交会惩戒。荫杭愚暗，实不解违背者系何项职务。查原呈请交惩戒之事实，谓"本月四日，京师高等检察厅，将×××传讯拘禁于看守所，并搜索其家宅，既未奉令交办，亦无人告诉告发，而又乏相当之犯罪证据。仅以报纸之攻击、议会之质问、道路之传闻为理由，即行传讯拘禁及搜索，实属意气用事，违背职务"

云云。又查原呈司法总长张耀曾对于法律上所持之意见，则谓侦查犯罪，固属检察官之职权，惟对于犯罪人非有相当证据、较著事实、认为确有犯罪嫌疑，不得施行强制处分、率行传讯、拘押及搜索。此所以尊重宪法、保障人权云云。今试将原呈所言，细加分析，逐条研究，则有以下数问题，试论列如左：

一、对于犯罪人，非有相当证据，能否传讯？

查传讯并非强制处分，检察官对于告诉人、告发人及证人、鉴定人尚得传讯，何况犯罪嫌疑人？且传讯之目的，在得证据。既有相当证据，即可交地方厅起诉，检察官在传讯前，断无先行举证之义务。查总检察厅饬发《检察执务规则》第一百十七条："侦查中因不失取证机会，且不损被告利益，应先讯问被告人。"观此，则知传讯为取证之机会，非取证以后始能传讯。

二、对于犯罪人，非有相当证据，能否拘押？

查敝厅并未将×××拘押，则此项问题无答辩之必要。

三、对于犯罪人，非有相当证据，能否搜查？

所谓"搜查"者，本系搜查证据，若既有相当证据，尽可不必搜查。使既得证据，而搜查不已，将发生滥行搜查之问题，而被告人将不堪其扰矣。推司法总长之责，似谓先有证据，乃能再查。然则搜查者何物乎？查总检察厅饬发《检察执务规则》第五十二条及第五十三条，检察官本有搜查证据之权，非先有证据而后可以搜查。

四、对于犯罪人，非有较著事实，能否传讯拘押搜查？

查司法总长所言相当证据、较著事实等语纯系空论，在法令上本无根据。其所谓"较著事实"四字，在法律上有何价值，更难索解。若就其文义解之，似指显著之犯罪事实而言。果尔，则前所谓相当证据，已包括此义。

五、×××是否有嫌疑？

查嫌疑不嫌疑，至如何程度方可开始侦查，均应听检察官酌量。如检察官认为嫌疑，不特司法总长不能命令检察官使之解嫌疑，即被嫌疑人之律师，亦不能于侦查中出头辩护，谓检察官滥行嫌疑，应行停止侦查本案。司法总长如欲问×××是否确有嫌疑，荫杭亦须还问司法总长此次×××是否确无嫌疑？荫杭确曾亲诘司法总长，是否总长个人意见认×××为道德高尚，决无嫌疑之余地？司法总长答言："交情甚浅，并不能保。"

六、并未奉令交办之案，检察官能否自行开始侦查？

查京外检察厅每年侦查之案不知几千几万，岂皆奉令交办之案？又查大总统交法庭办理之案，并非一经令交，即有特别性质。如检察官侦查以后，毫无证据，认为无庸起诉，即经大总统令交，亦不拘束检察官。如认为应行侦查，即未经大总统令交，检察官亦照常行事。不能因其曾任总长，遂认为神圣不可侵犯。

七、无人告诉告发，检察官能否开始侦查？

查检察官系刑事原告，法律上早有明文。京外各检察厅，每年侦查之案，不知几千几万，岂皆有人告诉告发？司法总长岂并此而不知？

八、仅以报纸之攻击、议会之质问、道路之传闻，能否开始侦查？

查检察厅饬发《检察执务规则》第十六条，因现行犯告发自首，报纸风闻，及其他闻见之事物，认明或逆料有犯罪之嫌疑者，应即开始侦查。观此，则检察官受法令拘束，苟有所见闻，即不能处于消极之地位。逆料有嫌疑尚应开始侦查，况经检查后认明有嫌疑，安能不开始侦查？荫杭待罪法曹，尚有丝毫天良，诚不敢涂聪塞明，自甘聋聩。

九、保障人权之研究

查约法，人民之身体，非依法律不得逮捕、拘禁、审问、处罪之权。但本案尚非发生此项人权问题。敝厅对于×××既未逮捕,并未拘禁,亦未经审判厅审问处罪。不过由检察官认为嫌疑,依法传唤、依法讯问、依法搜查证据,并交地方检察厅依法办理。自始至终,何有丝毫违法授人口实之处?

十、意气用事之研究

查检察官职司搏击,以疾恶如仇为天职。昔哲有言:见不仁者诛之,如鹰鹯之逐鸟雀。此诚检察官应守之格言。因检察官本不以涵养容忍为能事也。故谓敝厅为"雷厉风行"则近之;言敝厅为"意气用事"则不能然。即以"雷厉风行"言,敝厅亦不敢冒此美名。敝厅办理此案,始终出以冷静,出以和平,故×××到厅听其乘自动车,到厅后听其入应接室,而未入候审处。故谓敝厅为过于宽待则近之。谓敝厅为"雷厉风行",则尚觉受之有愧。

十一、违背职务之研究

综观前列各项,则惩戒法中所谓"违背职务"四字,万难牵合,已极明了。果如司法总长之言,可强指为"违背职务"而受惩戒,则以后检察官对于犯罪嫌疑人,将无开始侦查之权。检察官偶一认定嫌疑,司法总长即出而干涉,停止其职务,使之不能侦查。检察官偶一传讯,司法总长即出而干涉,要求检察官提出证据,若无证据,即停止其职务,使之不能传讯。又检察官偶一搜查证据，司法总长即出而干涉，要求检察官提出证据，若无证据，即停止其职务，使之不能搜查。果尔，则凡与司法总长同党者，皆可肆行无忌，受司法总长之保护，而不受检察官之检举。是《司法官惩戒法》将为司法总长排斥异己之武器，而《司法官惩戒法》第三十一条第二项，将为司法总长庇纵犯人之护身符。身为司法总长，且不恤将司法制度根本破坏，设以后各省行政监督长官，相率效尤，试问执法之官，尚能履行其职务乎？观此，则知此次"违背职务"者，确系司法总长，并非高等检察长。

十二、司法总长请付惩戒之用意应注意研究

今试设为假定之辞。此案检察官果系办理不合，应负责任，则司法总长亦应俟×××将犯罪嫌疑洗刷净尽，方能议及检察官之责任。何以司法总长迫不及待，若惟恐继续侦查，不利于×××，遂将着手侦查之检察官，先行停职。然则司法总长固明知检察官履行职务，万不能加以惩戒处分，特借此手段束缚检察官之手，使不能发见×××之犯罪证，许汝曹染指。此其意固显而易见。藉曰不然，试问今日×××，果已由法庭证明其毫无嫌疑乎？又试问今日司法以外之机关，已停止查办，而深信其毫无嫌疑乎？又司法总长欲惩戒检察官，果无私意，尽可径行呈请，何至在国务院主张请大总统径行免职停职，并约法而不顾。此可疑者一。又敝厅办理此案之检察官，除由检察长主任外，尚有检察官五人。何以当时亲传×××之检察官置之不问，而独注射于赴津搜查要据之张汝霖，使之停职不能进行？此可疑者二。由此观之，则司法总长之用意，固在停止侦查，而不在惩戒法官，彰彰明矣。查刑事侦查，贵于迅速进行，不失事机，一经停顿，则证据从而淹灭，犯罪人并可布置一切。今司法总长对于×××一案，既如此不避嫌疑，则以后此案如果因干涉停顿，办理上发生重大困难。试问司法总长是否负完全责任？至于敝厅开始侦查之时，固深信此案确有把握，初不料司法总长有非法之干涉。然即经此次干涉，亦不敢谓此案必无把握。但苟轶出常轨之外，则不敢知矣。

张汝霖申辩书

汝霖奉检察长适法命令，与其他检察官共同侦查案件，亦不自×××一案始。何以此次汝霖独得"违背职务"之咎？汝霖愚惑，窃所未解。谨此申辩，伏希公决。

《申报》一九一七年五月二十五、二十六日

回忆我的姑母

中国社会科学院近代史所给我的信里说:"令姑母荫榆先生也是人们熟知的人物,我们也想了解她的生平。荫榆先生在日寇陷苏州时骂敌遇害,但许多研究者只知道她在女师大事件中的作为,而不了解她晚节彪炳,这点是需要纠正的。如果您有意写补塘先生的传记,可一并写入其中。"

杨荫榆是我的三姑母,我称"三伯伯"。我不大愿意回忆她,因为她很不喜欢我,我也很不喜欢她。她在女师大的作为以及骂敌遇害的事,我都不大知道。可是我听说某一部电影里有个杨荫榆,穿着高跟鞋,戴一副长耳环。这使我不禁哑然失笑,很想看看电影里这位姑母是何模样。认识她的人愈来愈少了。也许正因为我和她感情冷漠,我对她的了解倒比较客观。我且尽力追忆,试图为她留下一点比较真实的形象。

我父亲兄弟姊妹共六人。大姑母最大,出嫁不久因肺疾去世。大伯父在武备学校因试炮失事去世。最小的三叔叔留美回国后肺疾去世。二姑母(荫枌)和三姑母都比我父亲小,出嫁后都和夫家断绝了关系,长年住在我家。

听说我的大姑母很美,祖父母十分疼爱。他们认为二姑母三姑母都丑。两位姑母显然从小没人疼爱,也没人理会;姊妹俩也不要好。

我的二姑夫名裘剑岑,是无锡小有名气的"才子",翻译过麦考莱(T. B. Macaulay)的《约翰生传》(*Life of Johnson*)①,这个译本锺书曾读过,说文笔很好。据我父亲讲,二姑母无声无息地和丈夫分离了,错在二姑母。我听姐姐说,二姑母嫌丈夫肺病,夫妇不和。反正二姑母对丈夫毫无感情,也没有孩子,分离后也从无烦恼。她的相貌确也不美。三姑母相貌和二姑母完全不像。我堂姐杨保康曾和三姑母同在美国留学,合照过许多相片,我大姐也曾有几张三姑母的小照,可惜这些照片现在一张都没有了。三姑母皮肤黑黝黝的,双眼皮,

---

① 中英对照,在商务印书馆出版的《英文杂志》(*English Student*)第一卷第一期起连载,后由商务出单行本。

眼睛炯炯有神，笑时两嘴角各有个细酒涡，牙也整齐。她脸型不错，比中等身材略高些，虽然不是天足，穿上合适的鞋，也不像小脚娘。我曾注意到她是穿过耳朵的，不过耳垂上的针眼早已结死，我从未见她戴过耳环。她不令人感到美，可是也不能算丑。我听父母闲话中讲起，祖母一次当着三姑母的面，拿着她的一张照片说："瞧她，鼻子向着天。"（她鼻子有上仰的倾向，却不是"鼻灶向天"。）三姑母气呼呼地说："就是你生出来的！就是你生出来的！！就是你生出来的！！！"当时家里人传为笑谈。我觉得三姑母实在有理由和祖母生气。即使她是个丑女儿，也不该把她嫁给一个低能的"大少爷"。当然，定婚的时候只求门当户对，并不知对方的底细。据我父亲的形容，那位姑爷老嘻着嘴，露出一颗颗紫红的牙肉，嘴角流着哈拉子。三姑母比我父亲小六岁，甲申（一八八四）年生，小名申官。她是我父亲留学日本的时期由祖母之命定亲结婚的。我母亲在娘家听说过那位蒋家的少爷，曾向我祖母反对这门亲事，可是白挨了几句训斥，祖母看重蒋家的门户相当。

　　我不知道三姑母在蒋家的日子是怎么过的。听说她把那位傻姑爷的脸皮都抓破了，想必是为自卫。据我大姐转述我母亲的话，她回了娘家就不肯到夫家去。那位婆婆有名的厉害，先是抬轿子来接,然后派老妈子一同来接,三姑母只好硬给接走。可是有一次她死也不肯再回去,结果婆婆亲自上门来接。三姑母对婆婆有几分怕惧,就躲在我母亲的大床帐子后面。那位婆婆不客气,竟闯入我母亲的卧房,把三姑母揪出来。逼到这个地步,三姑母不再示弱,索性撕破了脸,声明她怎么也不再回蒋家。她从此就和夫家断绝了。那位傻姑爷是独子,有人骂三姑母为"灭门妇";大概因为她不肯为蒋家生男育女吧?我推算她在蒋家的日子很短,因为她给婆婆揪出来的时候,我父亲还在日本。一九〇二年我父亲回国,在家乡同朋友一起创立理化会,我的二姑母三姑母都参加学习。据说那是最早有男女同学的补习学校;尤其两个姑母都不坐轿子,步行上学,开风气之先。三姑母想必已经离开蒋家了。那时候,她不过十八周岁。

　　三姑母由我父亲资助,在苏州景海女中上学。我亲戚家有一位小姐和她同学。那姑娘有点"着三不着两",无锡土话称为"开盖"(略似上海人所谓"十三点",北方人所谓"二百五")。她和蒋家是隔巷的街坊,可是不知道我三姑母和蒋家的关系,只管对她议论蒋家的新娘子:"有什么好看呀!狠巴巴的,小脚鞋子拿来一剁两段。"末一句话全无事实根据。那时候的三姑母还很有幽默,只笑着听她讲,也不点破,也不申辩。过了些时候，那姑娘回家弄清底里，就对三姑母骂自己："开盖货！原来就是你们！"我记得三姑母讲的时候，细酒涡儿一隐一显，乐得不得了。

她在景海读了两年左右，就转学到上海务本女中，大概是务本毕业的。我母亲那时曾在务本随班听课。我偶尔听到她们谈起那时候的同学，有一位是章太炎夫人汤国梨。三姑母一九〇七年左右考得官费到日本留学，在日本东京女子高等师范学校（现"茶水女子大学"的前身）毕业，并获得奖章。我曾见过那枚奖章，是一只别针，不知是金的还是铜的。那是在一九一三年①。她当年就回国了，因为据苏州女师的校史，我三姑母一九一三至一九一四年曾任该校教务主任，然后就到北京工作。

我听父亲说，三姑母的日文是科班出身。日本是个多礼的国家，妇女在家庭生活和社交里的礼节更为繁重；三姑母都很内行。我记得一九二九年左右，苏州市为了青阳地日本租界的事请三姑母和日本人交涉，好像双方对她都很满意。那年春天三姑母和我们姐妹同到青阳地去看樱花，路过一个日本小学校，校内正开运动会。我们在短篱外略一逗留，观看小学生赛

---

① 日本友人中岛碧教授据该校保存的资料查明是1913年。

跑，不料贵宾台上有人认识三姑母，立即派人把我们一伙人都请上贵宾台。我看见三姑母和那些日本人彼此频频躬身行礼的样儿，觉得自己成了挺胸凸肚的野蛮人。

三姑母一九一四年到北京，大约就是在女高师工作。我五周岁（一九一六年）在女高师附小上一年级，开始能记忆三姑母。她那时是女高师的"学监"，我还是她所喜欢的孩子呢。我记得有一次我们小学生正在饭堂吃饭，她带了几位来宾进饭堂参观。顿时全饭堂肃然，大家都专心吃饭。我背门而坐，饭碗前面掉了好些米粒儿。三姑母走过，附耳说了我一句，我赶紧把米粒儿捡在嘴里吃了。后来我在家听见三姑母和我父亲形容我们那一群小女孩儿，背后看去都和我相像，一个白脖子，两撅小短辫儿；她们看见我捡吃了米粒儿，一个个都把桌上掉的米粒儿捡来吃了。她讲的时候笑出了细酒涡儿，好像对我们那一群小学生都很喜欢似的。那时候的三姑母还一点不怪僻。

女高师的学生有时带我到大学部去玩。我看见三姑母忙着写字，也没工夫理会我。她们带我打秋千，登得老高，我有点害怕，可是不敢说。有一次她们开恳亲会，演戏三天，一天试演，一天请男宾，一天请女宾，借我去做戏里的花神，把我的牛角小辫儿盘在头顶上,插了满头的花,衣上也贴满金花。又一次开运动会,一个大学生跳绳,叫我钻到她身边像卫星似的绕着她周围转着跳。老师还教我说一套话。运动场很大,我站在场上自觉渺小,细声儿把那套话背了一遍,心上只愁跳绳绊了脚。那天总算跳得不错。事后老师问我:"你说了什么话呀?谁都没听见。"

我现在回想,演戏借我做"花神",运动会叫我和大学生一同表演等等,准是看三姑母的面子。那时候她在校内有威信,学生也喜欢她。我决不信小学生里只我一个配做"花神",只我一个灵活,会钻在大学生身边围绕着她跳绳。

一九一八年,三姑母由教育部资送赴美留学。她特叫大姐姐带我上车站送行。大姐姐告诉我,三伯伯最喜欢我。可是我和她从来不亲。我记得张勋复辟时,我家没逃离北京,只在我父亲的一个英国朋友波尔登(Bolton)先生家避居几天。我母亲给我换上新衣,让三姑母带我先到波尔登家去,因为父亲还没下班呢。三姑母和波尔登对坐在他书房里没完没了地说外国话,我垂着短腿坐在旁边椅上,看看天色渐黑,不胜焦急,后来波尔登笑着用北京话对我说:"你今天不回家了,住在这里了。"我看看外国人的大菱角胡子,看看三姑母的笑脸,不知他们要怎么摆布我，愁得不可开交，幸亏父母亲不久带着全家都到了。我总觉得三姑母不是我家的人，她是学校里的人。

那天我跟着大姐到火车站，看见三姑母有好些学生送行。其中有我的老师。一位老师和几个我不认识的大学生哭得抽抽噎噎，使我很惊奇。三姑母站在火车尽头一个小阳台似的地方，也只顾拭泪。火车叫了两声（汽笛声），慢慢开走。三姑母频频挥手，频频拭泪。月台上除了大哭的几人，很多人也在擦眼泪。我虽然早已乘过多次火车，可是我还小，都不记得。那次是我记忆里第一次看到火车，听到"火车叫"。我永远把"火车叫"和哭泣连在一起，觉得那是离别的叫声，听了心上很难受。

我现在回头看，那天也许是我三姑母生平最得意、最可骄傲的一天。她是出国求深造，学成归来，可以大有作为。而且她还有许多喜欢她的人为她依依惜别。据我母亲说，很多学生都送礼留念；那些礼物是三姑母多年来珍藏的纪念品。

三姑母一九二三年回苏州看我父亲的时候，自恨未能读得博士，只得了美国哥伦比亚大学的硕士学位。我父亲笑说："别'博士'了，头发都白了，越读越不合时宜了。"我在旁看见她头上果然有几茎白发。

一九二四年,她做了北京女子师范大学的校长,从此打落下水,成了一条"落水狗"。

我记得她是一九二五年冬天到苏州长住我家的。我们的新屋刚落成,她住在最新的房子里。后园原有三间"旱船",形似船,大小也相同。新建的"旱船"不在原址,面积也扩大了,是个方厅(苏州人称"花厅"),三面宽廊,靠里一间可充卧房,后面还带个厢房。那前后两间是父亲给三姑母住的。除了她自买的小绿铁床,家具都现成。三姑母喜欢绿色,可是她全不会布置。我记得阴历除夕前三四天,她买了很长一幅白"十字布",要我用绿线为她绣上些竹子做帐帷。"十字布"上绣花得有"十字"花的图样。我堂兄是绘画老师。他为三姑母画了一幅竹子,上面还有一弯月亮,几只归鸟。我不及把那幅画编成图案,只能把画纸钉在布下,照着画随手绣。"十字布"很厚,我得对着光照照,然后绣几针,很费事。她一定要在春节前绣好,怕我赶不及,扯着那幅长布帮我乱绣,歪歪斜斜,针脚都不刺在格子眼儿里,许多"十"字只是"一"字,我连日成天在她屋里做活儿,大除夕的晚饭前恰好赶完。三姑母很高兴,奖了我一支自来水笔。可惜那支笔写来笔划太粗。背过来写也不行。我倒并不图报,只是看了她那歪歪扭扭的手工不舒服。

她床头挂一把绿色的双剑——一个鞘里有两把剑。我和弟弟妹妹要求她舞剑，她就舞给我们看。那不过是两手各拿一把剑，摆几个姿势，并不像小说里写的一片剑光，不见人影。我看了很失望。那时候，她还算是喜欢我的，我也还没嫌她，只是并不喜欢她，反正和她不亲。

我和二姑母也不亲，但比较接近。二姑母上海启明女校毕业，曾在徐世昌家当过家庭教师，又曾在北京和吉林教书。我家房子还没有全部完工的时候，我曾有一二年和她同睡一屋。她如果高兴，或者我如果问得乖巧，她会告诉我好些有趣的经验。不过她性情孤僻，只顾自己，从不理会旁人。三姑母和她不一样。我记得小时候在北京，三姑母每到我们家总带着一帮朋友，或二三人，或三四人，大伙儿热闹说笑。她不是孤僻的。可是一九二五年冬天她到我们家的时候，她只和我父亲有说不完的话。我旁听不感兴趣，也不大懂，只觉得很烦。她对我母亲或二姑母却没几句话。大概因为我母亲是家庭妇女，不懂她的事，而二姑母和她从来说不到一块儿。她好像愿意和我们孩子亲近，却找不到途径。

有一次我母亲要招待一位年已半老的新娘子。三姑母建议我们孩子开个欢迎会，我做主席致辞，然后送上茶点，同时演个节目助兴。我在学校厌透了这一套，可是不敢违拗，勉强从命。新娘是苏州旧式小姐，觉得莫名其妙，只好勉强敷衍我们。我父亲常取笑三姑母是"大教育家"，我们却不爱受教育，对她敬而远之。

家庭里的细是细非确是"清官难断"，因为往往只是个立场问题。三姑母爱惜新房子和新漆的地板，叫我的弟弟妹妹脱了鞋进屋。她自己是"解放脚"，脱了鞋不好走路，况且她的鞋是干净的。孩子在后园玩，鞋底不免沾些泥土，而孩子穿鞋脱鞋很方便，可是两个弟弟不服，去问父亲："爸爸，到旱船去要脱鞋吗？"我父亲不知底里，只说"不用"。弟弟便嘀咕："爸爸没叫我们脱鞋。她自己不脱，倒叫我们脱！"他们穿着鞋进去，觉得三姑母不欢迎，便干脆不到她那边去了。

三姑母准觉得孩子不如小牲口容易亲近。我父亲爱猫，家里有好几只猫。猫也各有各的性格。我们最不喜欢一只金银眼的纯白猫，因为它见物不见人，最无情；好好儿给它吃东西，它必定作势用爪子一抢而去。我们称它为"强盗猫"。我最小的妹妹杨必是全家的宝贝。她最爱猫，一两岁的时候，如果自个儿一人乖乖地坐着，动都不动，一脸称心满意的样儿，准是身边偎着一只猫。一次她去抚弄"强盗猫"，挨了猫咪一巴掌，鼻子都抓破，气得伤心大哭。从此"强盗猫"成了我们的公敌。三姑母偏偏同情这只金银眼儿，常像抱女儿似的抱着它，代它申诉委屈似的说："咱们顶标致的！"她出门回来，便抱着"强盗猫"说："小可怜儿，给他们欺负得怎样了？"三姑母就和"强盗猫"同在一个阵营，成了我们的敌人。

三姑母非常敏感，感觉到我们这群孩子对她不友好。也许她以为我是头儿，其实我住宿在校，并未带头，只是站在弟弟妹妹一边。那时大姐在上海教书，三姐病休在家。三姑母不再喜欢我，她喜欢三姐姐了。

一九二七年冬，三姐订婚，三姑母是媒人。她一片高兴，要打扮"新娘"。可是三姑母和二姑母一样，从来不会打扮。我母亲是好皮肤，不用脂粉，也不许女儿搽脂抹粉。我们姐妹没有化妆品，只用甘油搽手搽脸。我和三姐刚刚先后剪掉辫子，姐妹俩互相理发，各剪个童化头，出门换上"出客衣服"，便是打扮了。但订婚也算个典礼，并在花园饭店备有酒席。订婚礼前夕，三姑母和二姑母都很兴头，要另式另样地打扮三姐。三姑母一手拿一支簪子，一手拿个梳子，把三姐的头发挑过来又梳过去，挑出种种几何形（三姑母是爱好数理的）：正方形、长方形、扁方形、正圆形、椭圆形，还真来个三角形，末了又饶上一个桃儿形，好像要梳小辫儿似的。挑了半天也不知怎么办。二姑母拿着一把剪子把三姐的头发修了又修，越修越短。三姐乖乖地随她们摆布，毫不抗议。我母亲也不来干涉，只我站在旁边干着急。姐姐的头发实在给剪得太短了；梳一梳，一根根直往上翘。还亏二姑母花样多。当时流行用黑色闪光小珠子钉在衣裙的边上，或穿织成手提袋。二姑母教我们用细铜丝把小黑珠子穿成一个花箍，箍在发上。幸亏是三姐，怎么样儿打扮都行。她戴上珠箍，还顶漂亮。

　　三姐结婚，婚礼在我家举行，新房也暂设我家。因为姐夫在上海还没找妥房子。铺新床按老规矩得请"十全"的"吉利人"，像我两位姑母那样的"畸零人"得回避些。我家没有这种忌讳。她们俩大概由于自己的身世，对那新房看不顺眼，进去就大说倒霉话。二姑母说窗帘上的花纹像一滴滴眼泪。三姑母说新床那么讲究，将来出卖值钱。事后我母亲笑笑说："她们算是怄我生气的。"

　　我母亲向来不尖锐，她对人事的反应总是慢悠悠的。如有谁当面损她，她好像不知不觉，事后才笑说："她算是骂我的。"她不会及时反击，事后也不计较。

　　我母亲最怜悯三姑母早年嫁傻子的遭遇，也最佩服她"个人奋斗"的能力。我有时听到父母亲议论两个姑母。父亲说:"粉官(二姑母的小名)'莫知莫觉'(指对人漠无感情),申官'细腻恶心'(指多心眼儿)。"母亲只说二姑母"独幅心思",却为三姑母辩护,说她其实是贤妻良母,只为一辈子不得意,变成了那样儿。我猜想三姑母从蒋家回娘家的时候,大约和我母亲比较亲密。她们在务本女中也算是同过学。我觉得母亲特别纵容三姑母。三姑母要做衬衣——她衬衣全破了,我母亲怕裁缝做得慢,为她买了料子,亲自裁好,在缝衣机上很快地给赶出来。三姑母好像那是应该的,还嫌好道坏。她想吃什么菜,只要开一声口,母亲特地为她下厨。菜端上桌,母亲说,这是三伯伯要吃的,我们孩子从不下筷。我母亲往往是末后一个坐下吃饭,也末后一个吃完;她吃得少而慢。有几次三姑母饭后故意回到饭间去看看,母亲忽然聪明说:"她来看我吃什么好菜呢。"说着不禁笑了,因为她吃的不过是剩菜。可是她也并不介意。

我们孩子总觉得两个姑母太自私也太自大了。家务事她们从不过问。三姑母更有一套道理。她说,如果自己动手抹两回桌子,她们(指女佣)就成了规矩,从此不给抹了。我家佣人总因为"姑太太难伺候"而辞去,所以我家经常换人。这又给我母亲添造麻烦。我们孩子就嘀嘀咕咕,母亲听见了就要训斥我们："老小（小孩子）勿要刻薄。"有一次，我嘀咕说，三姑母欺负我母亲。母亲一本正经对我说："你倒想想，她，怎么能欺负我？"当然这话很对。我母亲是一家之主（父亲全听她的），三姑母只是寄居我家。可是我和弟弟妹妹心上总不服气。

有一次，我们买了一大包烫手的糖炒热栗子。我母亲吃什么都不热心，好的要留给别人吃，不好的她也不贪吃，可是对这东西却还爱吃。我们剥到软而润的，就偷偷儿揣在衣袋里。大家不约而同地"打偏手"，一会儿把大包栗子吃完。二姑母并没在意，三姑母却精细，她说："这么大一包呢，怎么一会儿就吃光了？"我们都呆着脸。等两个姑母回房，我们各掏出一把最好的栗子献给母亲吃。母亲责备了我们几句，不过责备得很温和。她只略吃几颗，我们乐呵呵地把剩下的都吃了，绝没有为三姑母着想。她准觉得吃几颗栗子，我们都联着帮挤她。我母亲训我们的话实在没错，我们确是刻薄了，只觉得我们好好一个家，就多了这两个姑母。而在她们看来，哥哥的家就是她们自己的家，只觉得这群侄儿女太骄纵，远不像她们自己的童年时候了。

二姑母自己会消遣，很自得其乐。她独住一个小院，很清静。她或学字学画，或读诗看小说，或做活儿，或在后园拔草种花。她有方法把鸡冠花夹道种成齐齐两排，一棵棵都秆儿矮壮,花儿肥厚,颜色各各不同,有洋红、橘黄、苹果绿等等。她是我父亲所谓"最没有烦恼的人"。

三姑母正相反。她没有这种闲情逸致,也不会自己娱乐。有时她爱看个电影,不愿一人出去,就带着我们一群孩子,可是只给我们买半票。转眼我十七八岁,都在苏州东吴大学上学了,她还给买半票。大弟长得高,七妹小我五岁,却和我看似双生。这又是三姑母买半票的一个理由,她说我们只是一群孩子。我们宁可自己买票,但是不敢说。电影演到半中间,查票员命令我们补票,三姑母就和他争。我们都窘得很,不愿跟她出去,尤其是我。她又喜欢听说书。我家没人爱"听书",父亲甚至笑她"低级趣味"。苏州有些人家请一个说书的天天到家里来说书,并招待亲友听书。有时一两家合请一个说书的,轮流做东。三姑母就常到相识的人家去听书。有些联合做东的人家并不欢迎她,她也不觉得,或是不理会。她喜欢赶热闹。

她好像有很多活动,可是我记不清她做什么工作。一九二七年左右她在苏州女师任教。一九二九年,苏州东吴大学聘请她教日语,她欣然应聘,还在女生宿舍要了一间房,每周在学校住几天。那时候她养着几只猫和一只小狗;狗和猫合不到一处,就把小狗放在宿舍里。这可激怒了全宿舍的女学生,因为她自己回家了，却把小狗锁在屋里。狗汪汪地叫个不停，闹得四邻学生课后不能在宿舍里温习功课，晚上也不得安静。寒假前大考的时候，有一晚大雪之后，她叫我带她的小狗出去，给它"把屎"。幸亏我不是个"抱佛脚"的，可是我实在不知道怎样"把屎"，只牵着狗在雪地里转了两圈，回去老实说小狗没拉屎。三姑母很不满意，忍住了没说我。管女生的舍监是个美国老姑娘，她到学期终了，请我转告三姑母：宿舍里不便养狗。也许我应该叫她自己和我姑母打交道，可是我觉得这话说不出口。我不记得自己是怎样传话的，反正三姑母很恼火，把怨毒都结在我身上，而把所传的话置之不理。春季开学不久，她那只狗就给人毒死了。

不久学校里出了一件事。大学附中一位美国老师带领一队学生到黑龙潭（一个风景区）春游，事先千叮万嘱不许下潭游泳，因为水深湍急，非常危险。有个学生偷偷跳下水去，给卷入急湍。老师得知，立即跳下水去营救。据潭边目击的学生说：老师揪住溺者，被溺者拖下水去；老师猛力挣脱溺者，再去捞他，水里出没几回，没有捞到，最后力竭不支，只好挣扎上岸。那孩子就淹死了。那位老师是个很老实的人，他流涕自责没尽责任，在生死关头一刹那间，他想到了自己的妻子儿女，没有舍生忘死。当时舆论认为老师已经尽了责任，即使赔掉性命，也没法救起溺者。校方为这事召开了校务会议，想必是商量怎样向溺者家长交代。参与会议的大多是洋人，校方器重三姑母，也请她参加了。三姑母在会上却责怪那位老师没舍命相救，会后又自觉失言。舍生忘死，只能要求自己，不能责求旁人；校方把她当自己人，才请她参与会议，商量办法，没要她去苛责那位惶恐自愧的老师。

她懊悔无及，就想请校委会的人吃一顿饭，大概是表示歉意。她在请客前一天告诉我母亲"明天要备一桌酒"，在我家请客；她已约下了客人。一桌酒是好办的，可是招待外宾，我家不够标准。我们的大厅高大，栋梁间的积尘平日打扫不到，后园也不够整洁。幸亏我母亲人缘好，她找到本巷"地头蛇"，立即雇来一群年富力强的小伙子，只半天工夫便把房子前前后后打扫干净。一群洋客人到了我家，对我父母大夸我；回校又对我大夸家。我觉得他们和三姑母的关系好像由紧张又缓和下来。

三姑母请客是星期六，客散后我才回家，走过大厅后轩，看见她一人在厅上兜兜转，嘴里喃喃自骂："死开盖！""开盖货！"骂得咬牙切齿。我进去把所见告诉母亲。母亲叹气说："嗐！我叫她请最贵的，她不听。"原来三姑母又嫌菜不好，简慢了客人。其实酒席上偶有几个菜不如人意,也是小事。说错话、做错事更是人之常情,值不当那么懊恼。我现在回头看,才了解我当时看到的是一个伤残的心灵。她好像不知道人世间有同情,有原谅,只觉得人人都盯着责备她,人人都嫌弃她,而她又老是那么"开盖"。

学校里接着又出一件事。有个大学四年级的学生自称"怪物",有意干些怪事招人注意。他穿上戏里纨绔少爷的花缎袍子,镶边马褂,戴着个红结子的瓜皮帽,跑到街上去挑粪;或叫洋车夫坐在洋车上,他拉着车在闹市跑。然后又招出一个"二怪物"。"大怪物"和大学的门房交了朋友,一同拉胡琴唱戏。他违犯校规,经常夜里溜出校门,半夜门房偷偷放他进校。学校就把"大怪物"连同门房一起开除。三姑母很可能吃了"怪物"灌她的"米汤"而对这"怪物"有好感,她认为年轻人胡闹不足怪,四年级开除学籍就影响这个青年的一辈子。她和学校意见不合,就此辞职了。

那时我大弟得了肺结核症。三姑母也许是怕传染,也许是事出偶然,她"典"① 了一个大花园里的两座房屋,一座她已

---

① 即活买,期满卖主可用原价赎回。

经出租，另一座楠木楼留着自己住。我母亲为大弟的病求医问药忙得失魂落魄，却还为三姑母置备了一切日常用具，而且细心周到，还为她备了煤油炉和一箱煤油。三姑母搬入新居那天，母亲命令我们姐妹和小弟弟大伙儿都换上漂亮的衣服送搬家。我认为送搬家也许得帮忙，不懂为什么要换漂亮衣裳。三姑母典的房子在娄门城墙边，地方很偏僻。听说原来的园主为建造那个花园惨淡经营，未及竣工，他已病危，勉强坐了轿子在园内游览一遍便归天去了。花园确还像个花园，有亭台楼阁，有假山，有荷池，还有个湖心亭，有一座九曲桥。园内苍松翠柏各有姿致，相形之下，才知道我们后园的树木多么平庸。我们回家后，母亲才向我们讲明道理。三姑母是个孤独的人，脾气又坏——她和管园产的经纪人已经吵过两架，所以我们得给她装装场面，让人家知道她亲人不少，而且也不是贫寒的。否则她在那种偏僻的地方会受欺，甚至受害。

三姑母搬出后，我们才知道她搬家也许还是"怪物"促成的。他介绍自己的一个亲戚叫"黄少奶"为三姑母管理家务。三姑母早已买下一辆包车，又雇了一个车夫，一个女佣，再加有人管家，就可以自立门户了。她竭力要拼凑一个像样的家，还问我大伯母要了一个孙女儿。她很爱那个孩子，孩子也天真可爱，可是一经她精心教育，孩子变成了一个懂事的小养媳妇儿。不巧我婶母偶到三姑母家去住了一夜，便向大伯母诉说三姑母家的情况，还说孩子瘦了。大伯母舍不得，忙把孩子讨回去。

　　三姑母家的女佣总用不长，后来"黄少奶"也辞了她。我母亲为她置备的煤油炉成了她的要紧用具。她没有女佣，就坐了包车到我家来吃饭。那时候我大弟已经去世。她常在我们晚饭后乘凉的时候，忽然带着车夫来吃晚饭。天热，当时还没有冷藏设备，厨房里怕剩饭剩菜馊掉，尽量吃个精光。她来了，母亲得设法安排两个人的饭食。时常特地为她留着晚饭，她又不来，东西都馊掉。她从不肯事先来个电话，仿佛故意捣乱。所以她来了，我和弟弟妹妹在后园躲在花木深处，黑地里装作不知道。大姐姐最识体，总是她敷衍三姑母，陪她说话。

　　她不会照顾自己，生了病就打电话叫我母亲去看她。母亲带了大姐姐同去伺候，还得包半天的车，因为她那里偏僻，车夫不肯等待，附近也叫不到车。一次母亲劝她搬回来住，她病中也同意，可是等我母亲作好种种准备去接她，她又变卦了。她是好动的，喜欢坐着包车随意出去串门。我们家的大门虽然有六扇，日常只开中间两扇。她那辆包车特大，门里走不进——只差两分，可是门不能扩大，车也不能削小。她要是回我们家住,她那辆车就没处可放。

她有个相识的人善"灌米汤",常请她吃饭,她很高兴,不知道那人请饭不是白请的。他陆续问我三姑母借了好多钱,造了新房子,前面还有个小小的花园。三姑母要他还钱的时候,他就推委不还,有一次晚上三姑母到他家去讨债,那人灭了电灯,放狗出来咬她。三姑母吃了亏,先还不肯对我父母亲讲,大概是自愧喝了"米汤"上当,后来忍不住才讲出来的。

她在一个中学教英文和数学,同时好像在创办一个中学叫"二乐",我不大清楚。我假期回家,她就抓我替她改大叠的考卷;瞧我改得快,就说,"到底年轻人做事快",每学期的考卷都叫我改。她嫌理发店脏,又抓我给她理发。父亲常悄悄对我说:"你的好买卖来了。"三姑母知道父亲袒护我,就越发不喜欢我,我也越发不喜欢她。

一九三五年夏天我结婚,三姑母来吃喜酒,穿了一身白夏布的衣裙和白皮鞋。贺客诧怪,以为她披麻戴孝来了。我倒认为她不过是一般所谓"怪僻"。一九二九年她初到东吴教课,做了那一套细夏布的衣裙,穿了还是很"帅"的。可是多少年过去了,她大概没有添做过新衣。我母亲为我大弟的病、大弟的死、接下父亲又病,没心思顾她。她从来不会打扮自己,也瞧不起女人打扮。

我记得那时候她已经在盘门城河边买了一小块地，找匠人盖了几间屋。不久她退掉典来的花园房子，搬入新居。我在国外，她的情况都是大姐姐后来告诉我的。日寇侵占苏州，我父母带了两个姑母一同逃到香山暂住。香山沦陷前夕，我母亲病危，两个姑母往别处逃避，就和我父母分手了。我母亲去世后，父亲带着我的姐姐妹妹逃回苏州，两个姑母过些时也回到苏州，各回自己的家（二姑母已抱了一个不认识的孩子做孙女，自己买了房子）。三姑母住在盘门，四邻是小户人家，都深受敌军的蹂躏。据那里的传闻，三姑母不止一次跑去见日本军官，责备他纵容部下奸淫掳掠。军官就勒令他部下的兵退还他们从三姑母四邻抢到的财物。街坊上的妇女怕日本兵挨户找"花姑娘"，都躲到三姑母家里去。一九三八年一月一日，两个日本兵到三姑母家去，不知用什么话哄她出门，走到一座桥顶上，一个兵就向她开一枪，另一个就把她抛入河里。他们发现三姑母还在游泳，就连发几枪，看见河水泛红，才扬长而去。邻近为她造房子的一个木工把水里捞出来的遗体入殓。棺木太薄，不管用，家属领尸的时候，已不能更换棺材，也没有现成的特大棺材可以套在外面，只好赶紧在棺外加钉一层厚厚的木板。

一九三九年我母亲安葬灵岩山的绣谷公墓。二姑母也在那公墓为三姑母和她自己合买一块墓地。三姑母和我母亲是同日下葬的。我看见母亲的棺材后面跟着三姑母的奇模怪样的棺材,那些木板是仓猝间合上的,来不及刨光,也不能上漆。那具棺材,好像象征了三姑母坎坷别扭的一辈子。

我母亲曾说:"三伯伯其实是贤妻良母。"我父亲只说:"申官如果嫁了一个好丈夫,她是个贤妻良母。"我觉得父亲下面半句话没说出来。她脱离蒋家的时候还很年轻,尽可以再嫁人。可是据我所见,她挣脱了封建制度的桎梏,就不屑做什么贤妻良母。她好像忘了自己是女人,对恋爱和结婚全不在念。她跳出家庭,就一心投身社会,指望有所作为。她留美回国,做了女师大的校长,大约也自信能有所作为。可是她多年在国外埋头苦读,没看见国内的革命潮流;她不能理解当前的时势,她也没看清自己所处的地位。如今她已作古人;提及她而骂她的人还不少,记得她而知道她的人已不多了。

一九八三年发表

记钱锺书与《围城》

自从一九八〇年《围城》在国内重印以来,我经常看到锺书对来信和登门的读者表示歉意:或是诚诚恳恳地奉劝别研究什么《围城》;或客客气气地推说"无可奉告";或者竟是既欠礼貌又不讲情理的拒绝。一次我听他在电话里对一位求见的英国女士说:"假如你吃了个鸡蛋觉得不错,何必认识那下蛋的母鸡呢?"我直耽心他冲撞人。胡乔木同志偶曾建议我写一篇《钱锺书与〈围城〉》。我确也手痒,但以我的身份,容易写成锺书所谓"亡夫行述"之类的文章。不过我既不称赞,也不批评,只据事纪实;锺书读后也承认没有失真。这篇文章原是朱正同志所编《骆驼丛书》中的一册,也许能供《围城》的偏爱者参考之用。

一九八五年十二月

一 钱锺书写《围城》

钱锺书在《围城》的序里说,这本书是他"锱铢积累"写成的。我是"锱铢积累"读完的。每天晚上,他把写成的稿子给我看,急切地瞧我怎样反应。我笑,他也笑;我大笑,他也大笑。有时我放下稿子,和他相对大笑,因为笑的不仅是书上的事,还有书外的事。我不用说明笑什么,反正彼此心照不宣。然后他就告诉我下一段打算写什么,我就急切地等着看他怎么写。他平均每天写五百字左右。他给我看的是定稿,不再改动。后来他对这部小说以及其它"少作"都不满意,恨不得大改特改,不过这是后话了。

锺书选注宋诗,我曾自告奋勇,愿充白居易的"老妪"——也就是最低标准;如果我读不懂,他得补充注释。可是在《围城》的读者里,我却成了最高标准。好比学士通人熟悉古诗文里词句的来历,我熟悉故事里人物和情节的来历。除了作者本人,最有资格为《围城》做注释的,该是我了。

看小说何需注释呢?可是很多读者每对一本小说发生兴趣,就对作者也发生兴趣,并把小说里的人物和情节当做真人实事。有的干脆把小说的主角视为作者本人。高明的读者承认作者不能和书中人物等同,不过他们说,作者创造的人物和故事,离不开他个人的经验和思想感情。这话当然很对。可是我曾在一篇文章里指出:创作的一个重要成分是想象,经验好比黑暗里点上的火,想象是这个火所发的光;没有火就没有光,但光照所及,远远超过火点儿的大小。① 创造的故事往往从多方面超越作者本人的经验。要从创造的故事里返求作者的经验是颠倒的。作者的思想情感经过创造,就好比发过酵而酿成了酒;从酒里辨认酿酒的原料,大非易事。我有机缘知道作者的经历,也知道酿成的酒是什么原料,很愿意让读者看看真人实事和虚构的人物情节有多大的距离,而且是怎样的错乱。许多所谓写实的小说,其实是改头换面地叙写自己的经历,提升或满足自己的感情。这种自传体的小说或小说体的自传,实在是浪漫的纪实,不是写实的虚构。而《围城》却是一部虚构写实的小说,尽管读来好像真有其事,真有其人,其实全是创造。

《围城》里写方鸿渐本乡出名的行业是打铁、磨豆腐,名产是泥娃娃。有人读到这里,不禁得意地大哼一声说:"这不

---

① 参看我的《事实—故事—真实》一文。

是无锡吗?钱锺书不是无锡人吗?他不也留过洋吗?不也在上海住过吗?不也在内地教过书吗?"有一位专爱考据的先生,竟推断出钱锺书的学位也靠不住,方鸿渐就是钱锺书的结论更可以成立了。

钱锺书是无锡人,一九三三年毕业于清华大学,在上海光华大学教了两年英语,一九三五年考取英庚款到英国牛津留学,一九三七年得文学学士(B. Litt.)学位,然后到法国,入巴黎大学进修。他本想读学位,后来打消了原意。一九三八年,清华大学聘他为教授。据那时候清华的文学院长冯友兰先生来函说,这是破例的事,因为按清华旧例,初回国教书只当讲师,由讲师升副教授,然后升为教授。锺书九十月间回国,在香港上岸,转昆明到清华任教。那时清华已并入西南联大。他父亲原是国立浙江大学教授,应老友廖茂如先生恳请,到湖南蓝田帮他创建国立师范学院;他母亲弟妹等随叔父一家逃难住上海。一九三九年秋,锺书自昆明回上海探亲后,他父亲来信来电,说自己老病,要锺书也去湖南照料。师范学院院长廖先生来上海,反复劝说他去当英文系主任,以便伺候父亲,公私兼顾。这样,他就未回昆明而到湖南去了。一九四〇年暑假,他和一位同事结伴回上海探亲,道路不通,半途折回。一九四一年暑假,他由广西到海防搭海轮到上海,准备小住几月再回内地。西南联大外文系主任陈福田先生在秋季开学以后到上海相访,约他再回联大,钱锺书没有应聘。值珍珠港事变,他就沦陷在上海了。他写过一首七律《古意》,内有一联说:"槎通碧汉无多路,梦入红楼第几层",另一首《古意》又说:"心如红杏专春闹,眼似黄梅诈雨晴",都是寄托当时羁居沦陷区的怅惘情绪。《围城》是沦陷在上海的时期写的。

锺书和我一九三二年春在清华初识,一九三三年订婚,一九三五年结婚,同船到英国(我是自费留学),一九三七年秋同到法国,一九三八年秋同船回国。我母亲一年前去世,我苏州的家已被日寇抢劫一空,父亲避难上海,寄居我姐夫家。我急要省视老父,锺书在香港下船到昆明,我乘原船直接到上海。当时我中学母校的校长留我在"孤岛"的上海建立"分校"。二年后上海沦陷,"分校"停办,我暂当家庭教师,又在小学代课,业余创作话剧。锺书陷落上海没有工作,我父亲把自己在震旦女子文理学院授课的钟点让给他,我们就在上海艰苦度日。

有一次,我们同看我编写的话剧上演,回家后他说:"我想写一部长篇小说!"我大为高兴,催他快写。那时他正偷空写短篇小说，怕没有时间写长篇。我说不要紧，他可以减少授课的时间，我们的生活很省俭，还可以更省俭。恰好我们的女佣因家乡生活好转要回去。我不勉强她，也不另觅女佣，只把她的工作自己兼任了。劈柴生火烧饭洗衣等等我是外行，经常给煤烟染成花脸，或熏得满眼是泪，或给滚油烫出泡来，或切破手指。可是我急切要看锺书写《围城》（他已把题目和主要内容和我讲过），做灶下婢也心甘情愿。

《围城》是一九四四年动笔，一九四六年完成的。他就像原《序》所说："两年里忧世伤生"，有一种惶急的情绪，又忙着写《谈艺录》；他三十五岁生日诗里有一联："书癖钻窗蜂未出，诗情绕树鹊难安"，正是写这种兼顾不及的心境。那时候我们住在钱家上海避难的大家庭里，包括锺书父亲一家和叔父一家。两家同住分炊。锺书的父亲一直在外地，锺书的弟弟妹妹弟媳和侄儿女等已先后离开上海，只剩他母亲没走，还有一个弟弟单身留在上海；所谓大家庭也只像个小家庭了。

以上我略叙锺书的经历、家庭背景和他撰写《围城》时的处境，为作者写个简介。下面就要为《围城》做些注解，让读者明白：《围城》只是小说，是创作而不是传记。

锺书从他熟悉的时代、熟悉的地方、熟悉的社会阶层取材。但组成故事的人物和情节全属虚构。尽管某几个角色稍有真人的影子,事情都子虚乌有;某些情节略具真实,人物却全是捏造的。

方鸿渐取材于两个亲戚:一个志大才疏,常满腹牢骚;一个狂妄自大,爱自吹自唱。两人都读过《围城》,但是谁也没自认为方鸿渐,因为他们从未有方鸿渐的经历。锺书把方鸿渐作为故事的中心,常从他的眼里看事,从他的心里感受。不经意的读者会对他由了解而同情,由同情而关切,甚至把自己和他合而为一。许多读者以为他就是作者本人。法国十九世纪小说《包法利夫人》的作者福楼拜曾说:"包法利夫人,就是我。"那么,钱锺书照样可说:"方鸿渐,就是我。"不过还有许多男女角色都可说是钱锺书,不光是方鸿渐一个。方鸿渐和钱锺书不过都是无锡人罢了,他们的经历远不相同。

我们乘法国邮船阿多士Ⅱ(Athos Ⅱ)回国,甲板上的情景和《围城》里写的很像,包括法国警官和犹太女人调情,以及中国留学生打麻将等等。鲍小姐却纯是虚构。我们出国时同船有一个富有曲线的南洋姑娘,船上的外国人对她大有兴趣,把她看做东方美人。我们在牛津认识一个由未婚夫资助留学的女学生,听说很风流。牛津有个研究英国语文的埃及女学生，皮肤黑黑的，我们两人都觉得她很美。鲍小姐是综合了东方美人、风流未婚妻和埃及美人而抟捏出来的。锺书曾听到中国留学生在邮船上偷情的故事，小说里的方鸿渐就受了鲍小姐的引诱。鲍鱼之肆是臭的，所以那位小姐姓鲍。

苏小姐也是东鳞西爪凑成的：相貌是经过美化的一个同学，心眼和感情属于另一人，这人可一点不美；走单帮贩私货的又另是一人。苏小姐做的那首诗是锺书央我翻译的；他嘱我不要翻得好，一般就行。苏小姐的丈夫是另一个同学，小说里乱点了鸳鸯谱。结婚穿黑色礼服、白硬领圈给汗水浸得又黄又软的那位新郎，不是别人，正是锺书自己。因为我们结婚的黄道吉日是一年里最热的日子。我们的结婚照上，新人、伴娘、提花篮的女孩子、提纱的男孩子，一个个都像刚被警察拿获的扒手。

赵辛楣是由我们喜欢的一个五六岁的男孩子变大的，锺书为他加上了二十多岁年纪。这孩子至今没有长成赵辛楣，当然也不可能有赵辛楣的经历。如果作者说："方鸿渐，就是我"，他准也会说："赵辛楣，就是我。"

有两个不甚重要的人物有真人的影子，作者信手拈来，未加融化，因此那两位相识都"对号入座"了。一位满不在乎，另一位听说很生气。锺书夸张了董斜川的一个方面，未及其他。但董斜川的谈吐和诗句，并没有一言半语抄袭了现成，全都是捏造的。褚慎明和他的影子并不对号。那个影子的真身比褚慎明更夸张些呢。有一次我和他同乘火车从巴黎郊外进城，他忽从口袋里掏出一张纸，上面开列了少女选择丈夫的种种条件，如相貌、年龄、学问、品性、家世等等共十七八项，逼我一一批分数，并排列先后。我知道他的用意，也知道他的对象，所以小心翼翼地应付过去。他接着气呼呼地对我说："她们说他（指锺书）'年少翩翩'，你倒说说，他'翩翩'不'翩翩'。"我应该厚道些，老实告诉他，我初识锺书的时候，他穿一件青布大褂，一双毛布底鞋，戴一副老式大眼镜，一点也不"翩翩"。可是我瞧他认为我该和他站在同一立场，就忍不住淘气说："我当然最觉得他'翩翩'。"他听了怫然，半天不言语。后来我称赞他西装笔挺，他惊喜说："真的吗？我总觉得自己的衣服不挺，每星期洗熨一次也不如别人的挺。"我肯定他衣服确实笔挺，他才高兴。其实，褚慎明也是个复合体，小说里的那杯牛奶是另一人喝的。那人也是我们在巴黎时的同伴，他尚未结婚，曾对我们讲：他爱"天仙的美"，不爱"妖精的美"。他的一个朋友却欣赏"妖精的美"，对一个牵狗的妓女大有兴趣，想"叫一个局"，把那妓女请来同喝点什么谈谈话。有一晚,我们一群人同坐咖啡馆,看见那个牵狗的妓女进另一家咖啡馆去了。"天仙美"的爱慕者对"妖精美"的爱慕者自告奋勇说:"我给你去把她找来。"他去了好久不见回来,锺书说:"别给蜘蛛精网在盘丝洞里了,我去救他吧。"锺书跑进那家咖啡馆,只见"天仙美"的爱慕者独坐一桌,正在喝一杯很烫的牛奶,四围都是妓女,在窃窃笑他。锺书"救"了他回来。从此,大家常取笑那杯牛奶,说如果叫妓女,至少也该喝杯啤酒,不该喝牛奶。准是那杯牛奶作祟,使锺书把褚慎明拉到饭馆去喝奶;那大堆的药品准也是即景生情,由那杯牛奶生发出来的。

方遯翁也是个复合体。读者因为他是方鸿渐的父亲,就确定他是锺书的父亲,其实方遯翁和他父亲只有几分相像。我和锺书订婚前后,锺书的父亲擅自拆看了我给锺书的信,大为赞赏,直接给我写了一封信,郑重把锺书托付给我。这很像方遯翁的作风。我们沦陷在上海时,他来信说我"安贫乐道",这也很像方遯翁的语气。可是,如说方遯翁有二三分像他父亲,那么,更有四五分是像他叔父,还有几分是捏造,因为亲友间常见到这类的旧式家长。锺书的父亲和叔父都读过《围城》。他父亲莞尔而笑;他叔父的表情我们没看见。我们夫妇常私下捉摸，他们俩是否觉得方遯翁和自己有相似之处。

　　唐晓芙显然是作者偏爱的人物，不愿意把她嫁给方鸿渐。其实，作者如果让他们成为眷属，由眷属再吵架闹翻，那么，结婚如身陷围城的意义就阐发得更透彻了。方鸿渐失恋后，说赵辛楣如果娶了苏小姐也不过尔尔，又说结婚后会发现娶的总不是意中人。这些话都很对。可是他究竟没有娶到意中人，他那些话也就可释为聊以自慰的话。

　　至于点金银行的行长，"我你他"小姐的父母等等，都是上海常见的无锡商人，我不再一一注释。

　　我爱读方鸿渐一行五人由上海到三闾大学旅途上的一段。我没和锺书同到湖南去，可是他同行五人我全认识，没一人和小说里的五人相似，连一丝影儿都没有。王美玉的卧房我倒见过：床上大红绸面的被子，叠在床里边；桌上大圆镜子，一个女人脱了鞋坐在床边上，旁边煎着大半脸盆的鸦片。那是我在上海寻找住房时看见的，向锺书形容过。我在清华做学生的时期，春假结伴旅游，夜宿荒村，睡在铺干草的泥地上，入夜梦魇，身下一个小娃娃直对我嚷："压住了我的红棉袄"，一面用手推我，却推不动。那番梦魇，我曾和锺书讲过。蛆叫"肉芽"，我也曾当做新鲜事告诉锺书。锺书到湖南去，一路上都有诗寄我。他和旅伴游雪窦山，有纪游诗五古四首，我很喜欢第二第三首，我不妨抄下，作为真人实事和小说的对照。

> 天风吹海水，屹立作山势；
> 浪头飞碎白，积雪疑几世。
> 我常观乎山，起伏有水致；
> 蜿蜒若没骨，皱具波涛意。
> 乃知水与山，思各出其位，
> 譬如豪杰人，异量美能备。
> 固哉鲁中叟，衹解别仁智。

> 山容太古静，而中藏瀑布，
> 不舍昼夜流，得雨势更怒。
> 辛酸亦有泪，贮胸敢倾吐；
> 略似此山然，外勿改其度。
> 相契默无言，远役喜一晤。
> 微恨多游踪，藏焉未为固。
> 衷曲莫浪陈，悠悠彼行路。

小说里只提到游雪窦山，一字未及游山的情景。游山的自是游山的人，方鸿渐、李梅亭等正忙着和王美玉打交道呢。足见可捏造的事丰富得很，实事尽可抛开，而且实事也挤不进这个捏造的世界。

李梅亭途遇寡妇也有些影子。锺书有一位朋友是忠厚长者，旅途上碰到一个自称落难的寡妇；那位朋友资助了她，后来知道是上当。我有个同学绰号"风流寡妇"，我曾向锺书形容她临睡洗去脂粉，脸上眉眼口鼻都没有了。大约这两件不相干的事凑出来一个苏州寡妇，再碰上李梅亭，就生出"倷是好人"等等妙语奇文。

汪处厚的夫人使我记起我们在上海一个邮局里看见的女职员。她头发枯黄，脸色苍白，眼睛斜撇向上，穿一件浅紫色麻纱旗袍。我曾和锺书讲究，如果她皮肤白腻而头发细软乌黑，浅紫的麻纱旗袍换成线条柔软的深紫色绸旗袍，可以变成一个美人。汪太太正是这样一位美人，我见了似曾相识。

范小姐、刘小姐之流想必是大家熟悉的，不必再介绍。孙柔嘉虽然跟着方鸿渐同到湖南又同回上海，我却从未见过。相识的女人中间（包括我自己），没一个和她相貌相似。但和她稍多接触，就发现她原来是我们这个圈子里最寻常可见的。她受过高等教育,没什么特长,可也不笨;不是美人,可也不丑;没什么兴趣,却有自己的主张。方鸿渐"兴趣很广,毫无心得";她是毫无兴趣而很有打算。她的天地极小,只局限在"围城"内外。她所享的自由也有限,能从城外挤入城里,又从城里挤出城外。她最大的成功是嫁了一个方鸿渐,最大的失败也是嫁了一个方鸿渐。她和方鸿渐是芸芸知识分子间很典型的夫妇。孙柔嘉聪明可喜的一点是能画出汪太太的"扼要":十点红指甲,一张红嘴唇。一个年轻女子对自己又羡又妒又瞧不起的女人,会有这种尖刻。但这点聪明还是锺书赋予她的。锺书惯会抓住这类"扼要",例如他能抓住每个人声音里的"扼要",由声音辨别说话的人,尽管是从未识面的人。

也许我正像堂吉诃德那样,挥剑捣毁了木偶戏台,把《围城》里的人物斫得七零八落,满地都是硬纸做成的断肢残骸。可是,我逐段阅读这部小说的时候,使我放下稿子大笑的,并不是发现了真人实事,却是看到真人实事的一鳞半爪,经过拼凑点化,创出了从未相识的人,捏造了从未想到的事。我大笑,是惊喜之余,不自禁地表示"我能拆穿你的西洋镜"。锺书陪我大笑,是了解我的笑,承认我笑的不错,也带着几分得意。

可能我和堂吉诃德一样,做了非常扫兴的事。不过,我相信,这一来可以说明《围城》绝非真人实事。

二 写《围城》的钱锺书

要认识作者,还是得认识他本人,最好从小时候起。

锺书一出世就由他伯父抱去抚养,因为伯父没有儿子。据钱家的"坟上风水",不旺长房旺小房;长房往往没有子息,便有,也没出息,伯父就是"没出息"的长子。他比锺书的父亲大十四岁,二伯父早亡,他父亲行三,叔父行四,两人是同胞双生,锺书是长孙,出嗣给长房。伯父为锺书连夜冒雨到乡间物色得一个壮健的农妇;她是寡妇,遗腹子下地就死了,是现成的好奶妈(锺书称为"姆妈")。姆妈一辈子帮在钱家,中年以后,每年要呆呆地发一阵子呆,家里人背后称为"痴姆妈"。她在锺书结婚前特地买了一只翡翠镶金戒指,准备送我做见面礼。有人哄她那是假货,把戒指骗去,姆妈气得大发疯,不久就去世了,我始终没见到她。

锺书自小在大家庭长大,和堂兄弟的感情不输亲兄弟。亲的、堂的兄弟共十人,锺书居长。众兄弟间,他比较稚钝,孜孜读书的时候,对什么都没个计较,放下书本,又全没正经,好像有大量多余的兴致没处寄放，专爱胡说乱道。钱家人爱说他吃了痴姆妈的奶，有"痴气"。我们无锡人所谓"痴"，包括很多意义：疯、傻、憨、稚气、骏气、淘气等等。他父母有时说他"痴颠不拉"、"痴巫作法"、"呒着呒落"（"着三不着两"的意思——我不知正确的文字，只按乡音写）。他确也不像他母亲那样沉默寡言、严肃谨慎，也不像他父亲那样一本正经。他母亲常抱怨他父亲"憨"。也许锺书的"痴气"和他父亲的憨厚正是一脉相承的。我曾看过他们家的旧照片。他的弟弟都精精壮壮，惟他瘦弱，善眉善眼的一副忠厚可怜相。想来那时候的"痴气"只是稚气、骏气，还不会淘气呢。

锺书周岁"抓周"，抓了一本书，因此取名"锺书"。他出世那天，恰有人送来一部《常州先哲丛书》，伯父已为他取名"仰先"，字"哲良"。可是周岁有了"锺书"这个学名，"仰先"就成为小名，叫作"阿先"。但"先儿"、"先哥"好像"亡儿"、"亡兄"，"先"字又改为"宣"，他父亲仍叫他"阿先"。（他父亲把锺书写的家信一张张贴在本子上，有厚厚许多本，亲手贴上题签"先儿家书（一）、（二）、（三）……"；我还看到过那些本子和上面贴的信。）伯父去世后，他父亲因锺书爱胡说乱道，为他改字"默存"，叫他少说话的意思。锺书对我说："其实我喜欢'哲良',又哲又良——我闭上眼睛,还能看到伯伯给我写在练习簿上的'哲良'。"这也许因为他思念伯父的缘故。我觉得他确是又哲又良,不过他"痴气"盎然地胡说乱道,常使他不哲不良——假如淘气也可算不良。"默存"这个号显然没有起克制作用。

伯父"没出息",不得父母欢心,原因一半也在伯母。伯母娘家是江阴富户,做颜料商发财的,有七八只运货的大船。锺书的祖母娘家是石塘湾孙家,官僚地主,一方之霸。婆媳彼此看不起,也影响了父子的感情。伯父中了秀才回家,进门就挨他父亲一顿打,说是"杀杀他的势气";因为锺书的祖父虽然有两个中举的哥哥,他自己也不过是个秀才。锺书不到一岁,祖母就去世了。祖父始终不喜欢大儿子,锺书也是不得宠的孙子。

锺书四岁(我纪年都用虚岁,因为锺书只记得虚岁,而锺书是阳历十一月下旬生的,所以周岁当减一岁或二岁)由伯父教他识字。伯父是慈母一般,锺书成天跟着他。伯父上茶馆,听说书,锺书都跟去。他父亲不便干涉,又怕惯坏了孩子,只好建议及早把孩子送入小学。锺书六岁入秦氏小学。现在他看到人家大讲"比较文学",就记起小学里造句:"狗比猫大,牛比羊大";有个同学比来比去,只是"狗比狗大,狗比狗小",挨了老师一顿骂。他上学不到半年,生了一场病,伯父舍不得他上学,借此让他停学在家。他七岁,和比他小半岁的堂弟锺韩同在亲戚家的私塾附学,他念《毛诗》,锺韩念《尔雅》。但附学不便,一年后他和锺韩都在家由伯父教。伯父对锺书的父亲和叔父说:"你们两兄弟都是我启蒙的,我还教不了他们?"父亲和叔父当然不敢反对。

其实锺书的父亲是由一位族兄启蒙的。祖父认为锺书的父亲笨,叔父聪明,而伯父的文笔不顶好。叔父反正聪明,由伯父教也无妨,父亲笨,得请一位文理较好的族兄来教。那位族兄严厉得很,锺书的父亲挨了不知多少顿痛打。伯父心疼自己的弟弟,求了祖父,让两个弟弟都由他教。锺书的父亲挨了族兄的痛打一点不抱怨,却别有领会。他告诉锺书:"不知怎么的,有一天忽然给打得豁然开通了。"

锺书和锺韩跟伯父读书,只在下午上课。他父亲和叔父都有职业,家务由伯父经管。每天早上,伯父上茶馆喝茶,料理杂务,或和熟人聊天。锺书总跟着去。伯父花一个铜板给他买一个大酥饼吃(据锺书比给我看,那个酥饼有饭碗口大小,不知是真有那么大,还是小儿心目中的饼大);又花两个铜板,向小书铺子或书摊租一本小说给他看。家里的小说只有《西游记》、《水浒》、《三国演义》等正经小说。锺书在家里已开始囫囵吞枣地阅读这类小说，把"猢"读如"岂子"，也不知《西游记》里的"猢子"就是猪八戒。书摊上租来的《说唐》、《济公传》、《七侠五义》之类是不登大雅的，家里不藏。锺书吃了酥饼就孜孜看书，直到伯父叫他回家。回家后便手舞足蹈向两个弟弟演说他刚看的小说：李元霸或裴元庆或杨林（我记不清）一锤子把对手的枪打得弯弯曲曲等等。他纳闷儿的是，一条好汉只能在一本书里称雄。关公若进了《说唐》，他的青龙偃月刀只有八十斤重，怎敌得李元霸的那一对八百斤重的锤头子；李元霸若进了《西游记》，怎敌得过孙行者的一万三千斤的金箍棒（我们在牛津时，他和我讲哪条好汉使哪种兵器，重多少，历历如数家珍）。妙的是他能把各件兵器的斤两记得烂熟，却连阿拉伯数字的1、2、3都不认识。锺韩下学回家有自己的父亲教，伯父和锺书却是"老鼠哥哥同年伴儿"。伯父用绳子从高处挂下一团棉花，教锺书上、下、左、右打那团棉花，说是打"棉花拳"，可以练软功。伯父爱喝两口酒。他手里没多少钱，只能买些便宜的熟食如酱猪舌之类下酒，哄锺书那是"龙肝凤髓"，锺书觉得其味无穷。至今他喜欢用这类名称,譬如洋火腿在我家总称为"老虎肉"。他父亲不敢得罪哥哥,只好伺机把锺书抓去教他数学;教不会,发狠要打又怕哥哥听见,只好拧肉,不许锺书哭。锺书身上一块青、一块紫,晚上脱掉衣服,伯父发现了不免心疼气恼。锺书和我讲起旧事,对父亲的着急不胜同情,对伯父的气恼也不胜同情,对自己的忍痛不敢哭当然也同情,但回忆中只觉得滑稽又可怜。我笑说:痛打也许能打得"豁然开通",拧,大约是把窍门拧塞了。锺书考大学,数学只考得十五分。

锺书小时候最乐的事是跟伯母回江阴的娘家去;伯父也同去(堂姊已出嫁)。他们往往一住一两个月。伯母家有个大庄园,锺书成天跟着庄客四处田野里闲逛。他常和我讲田野的景色。一次大雷雨后,河边树上挂下一条大绿蛇,据说是天雷打死的。伯母娘家全家老少都抽大烟,后来伯父也抽上了。锺书往往半夜醒来,跟着伯父伯母吃半夜餐。当时快乐得很,回无锡的时候,吃足玩够,还穿着外婆家给做的新衣。可是一回家他就担忧,知道父亲要盘问功课,少不了挨打。父亲不敢当着哥哥管教锺书,可是抓到机会,就着实管教,因为锺书不但荒了功课,还养成不少坏习气,如晚起晚睡、贪吃贪玩等。

一九一九年秋天,我家由北京回无锡。我父母不想住老家,要另找房子。亲友介绍了一处,我父母去看房子,带了我同去。锺书家当时正租居那所房子。那是我第一次上他们钱家的门,只是那时两家并不相识。我记得母亲说,住在那房子里的一位女眷告诉她,搬进以后,没离开过药罐儿。那所房子我家没看中;钱家虽然嫌房子阴暗,也没有搬出。他们五年后才搬入七尺场他们家自建的新屋。我记不起那次看见了什么样的房子或遇见了什么人,只记得门口下车的地方很空旷,有两棵大树;很高的白粉墙,粉墙高处有一个个砌着镂空花的方窗洞。锺书说我记忆不错,还补充说,门前有个大照墙,照墙后有一条河从门前流过。他说,和我母亲说话的大约是婶母,因为叔父婶母住在最外一进房子里,伯父伯母和他住中间一进,他父母亲伺奉祖父住最后一进。

我女儿取笑说:"爸爸那时候不知在哪儿淘气呢。假如那时候爸爸看见妈妈那样的女孩子,准抠些鼻牛儿来弹她。"锺书因此记起旧事说,有个女裁缝常带着个女儿到他家去做活;女儿名宝宝,长得不错,比他大两三岁。他和锺韩一次抓住宝宝,把她按在大厅隔扇上,锺韩拿一把削铅笔的小脚刀作势刺她。宝宝大哭大叫,由大人救援得免。兄弟俩觉得这番胜利当立碑纪念,就在隔扇上刻了"刺宝宝处"四个字。锺韩手巧,能刻字,但那四个字未经简化,刻来煞是费事。这大概是顽童刚开始"知慕少艾"的典型表现。后来房子退租的时候,房主提出赔偿损失,其中一项就是隔扇上刻的那四个不成形的字。另一项是锺书一人干的坏事,他在后园"挖人参",把一棵玉兰树的根刨伤,那棵树半枯了。

锺书十一岁,和锺韩同考取东林小学一年级,那是四年制的高等小学。就在那年秋天,伯父去世。锺书还未放学,经家人召回,一路哭着赶回家去,哭叫"伯伯",伯父已不省人事。这是他生平第一次遭受的伤心事。

伯父去世后,伯母除掉长房应有的月钱以外,其它费用就全由锺书父亲负担了。伯母娘家败得很快,兄弟先后去世,家里的大货船逐渐卖光。锺书的学费、书费当然有他父亲负担,可是学期中间往往添买新课本,锺书没钱买,就没有书;再加他小时候贪看书摊上伯父为他租的小字书,看坏了眼睛,坐在教室后排,看不见老师黑板上写的字,所以课堂上老师讲什么,他茫无所知。练习簿买不起,他就用伯父生前亲手用毛边纸、纸捻子为他订成的本子,老师看了直皱眉。练习英文书法用钢笔。他在开学的时候有一支笔杆、一个钢笔尖,可是不久笔尖撅断了头。同学都有许多笔尖,他只有一个,断了头就没法写了。他居然急中生智，把毛竹筷削尖了头蘸着墨水写，当然写得一塌糊涂，老师简直不愿意收他的练习簿。

我问锺书为什么不问父亲要钱。他说，从来没想到过。有时伯母叫他向父亲要钱，他也不说。伯母抽大烟，早上起得晚，锺书由伯母的陪嫁大丫头热些馊粥吃了上学。他同学、他弟弟都穿洋袜，他还穿布袜，自己觉得脚背上有一条拼缝很刺眼，只希望穿上棉鞋可遮掩不见。雨天，同学和弟弟穿皮鞋，他穿钉鞋，而且是伯伯的钉鞋，太大，鞋头塞些纸团。一次雨天上学，路上看见许多小青蛙满地蹦跳，觉得好玩，就脱了鞋捉来放在鞋里，抱着鞋光脚上学；到了教室里，把盛着小青蛙的钉鞋放在台板桌下。上课的时候，小青蛙从鞋里出来，满地蹦跳。同学都忙着看青蛙，窃窃笑乐。老师问出因由，知道青蛙是从锺书鞋里出来的，就叫他出来罚立。有一次他上课玩弹弓，用小泥丸弹人。中弹的同学嚷出来，老师又叫他罚立。可是他混混沌沌，并不觉得羞惭。他和我讲起旧事常说，那时候幸亏糊涂，也不觉得什么苦恼。

锺书跟我讲，小时候大人哄他说，伯母抱来一个南瓜，成了精，就是他；他真有点儿怕自己是南瓜精。那时候他伯父已经去世，"南瓜精"是舅妈、姨妈等晚上坐在他伯母鸦片榻畔闲谈时逗他的，还正色嘱咐他切莫告诉他母亲。锺书也怀疑是哄他，可是真有点担心。他自说混沌，恐怕是事实。这也是家人所谓"痴气"的表现之一。

他有些混沌表现，至今依然如故。例如他总记不得自己的生年月日。小时候他不会分辨左右，好在那时候穿布鞋，不分左右鞋。后来他和锺韩同到苏州上美国教会中学的时候，穿了皮鞋，他仍然不分左右乱穿。在美国人办的学校里，上体育课也用英语喊口号。他因为英文好，当上了一名班长。可是嘴里能用英语喊口号，两脚却左右不分；因此只当了两个星期的班长就给老师罢了官，他也如释重负。他穿内衣或套脖的毛衣，往往前后颠倒，衣服套在脖子上只顾前后掉转。结果还是前后颠倒了。或许这也是钱家人说他"痴"的又一表现。

锺书小时最喜欢玩"石屋里的和尚"。我听他讲得津津有味，以为是什么有趣的游戏；原来只是一人盘腿坐在帐子里，放下帐门，披着一条被单，就是"石屋里的和尚"。我不懂那有什么好玩。他说好玩得很；晚上伯父伯母叫他早睡，他不肯，就玩"石屋里的和尚"，玩得很乐。所谓"玩"，不过是一个人盘腿坐着自言自语。小孩自言自语，其实是出声的想象。我问他是否编造故事自娱，他却记不得了。这大概也算是"痴气"吧。

锺书上了四年高小,居然也毕业了。锺韩成绩斐然,名列前茅;他只是个痴头傻脑、没正经的孩子。伯父在世时,自愧没出息,深怕"坟上风水"连累了嗣给长房的锺书。原来他家祖坟下首的一排排树高大茂盛,上首的细小萎弱。上首的树当然就代表长房了。伯父一次私下花钱向理发店买了好几斤头发,叫一个佃户陪着,悄悄带着锺书同上祖坟去,把头发埋在上首几排树的根旁。他对锺书说,要叫上首的树荣盛,"将来你做大总统"。那时候锺书才七八岁,还不懂事,不过多少也感觉到那是伯父背着人干的私心事,所以始终没向家里任何别人讲过。他讲给我听的时候,语气中还感念伯父对他的爱护,也惊奇自己居然有心眼为伯父保密。

　　锺书十四岁和锺韩同考上苏州桃坞中学(美国圣公会办的学校)。父母为他置备了行装,学费书费之外,还有零用钱。他就和锺韩同往苏州上学,他功课都还不错,只算术不行。

　　那年①他父亲到北京清华大学任教,寒假没回家。锺书寒

---

　　① "那年"指一九二五年,参看《清华周刊》3577期(一九二五年九月十一日出版)。下文的"寒假"是一九二五至一九二六年冬,"暑假"是一九二六年夏。

假回家没有严父管束，更是快活。他借了大批的《小说世界》、《红玫瑰》、《紫萝兰》等刊物恣意阅读。暑假他父亲归途阻塞，到天津改乘轮船，辗转回家，假期已过了一半。他父亲回家第一事是命锺书锺韩各做一篇文章；锺韩的一篇颇受夸赞，锺书的一篇不文不白，用字庸俗，他父亲气得把他痛打一顿。锺书忍笑向我形容他当时的窘况：家人都在院子里乘凉，他一人还在大厅上，挨了打又痛又羞，呜呜地哭。这顿打虽然没有起"豁然开通"的作用，却也激起了发奋读书的志气。锺书从此用功读书，作文大有进步。他有时不按父亲教导的方法作古文，嵌些骈俪，倒也受到父亲赞许。他也开始学着做诗，只是并不请教父亲。一九二七年桃坞中学停办，他和锺韩同考入美国圣公会办的无锡辅仁中学，锺书就经常有父亲管教，常为父亲代笔写信，由口授而代写，由代写信而代作文章。锺书考入清华之前，已不复挨打而是父亲得意的儿子了。一次他代父亲为乡下某大户作了一篇墓志铭。那天午饭时，锺书的姆妈听见他父亲对他母亲称赞那篇文章，快活得按捺不住，立即去通风报信，当着他伯母对他说："阿大啊，爹爹称赞你呢！说你文章做得好！"锺书是第一次听到父亲称赞，也和姆妈一样高兴，所以至今还记得清清楚楚。那时商务印书馆出版钱穆的一本书,上有锺书父亲的序文。据锺书告诉我,那是他代写的,一字没有改动。

我常见锺书写客套信从不起草,提笔就写,八行笺上,几次抬头,写来恰好八行,一行不多,一行不少。锺书说,那都是他父亲训练出来的,他额角上挨了不少"爆栗子"呢。

锺书二十岁伯母去世。那年他考上清华大学,秋季就到北京上学。他父亲收藏的"先儿家书"是那时候开始的。他父亲身后,锺书才知道父亲把他的每一封信都贴在本子上珍藏。信写得非常有趣,对老师、同学都有生动的描写。可惜锺书所有的家书(包括写给我的),都由"回禄君"收集去了。

锺书在清华的同班同学饶余威一九六八年在新加坡或台湾写了一篇《清华的回忆》①,有一节提到锺书:"同学中我们受钱锺书的影响最大。他的中英文造诣很深,又精于哲学及心理学,终日博览中西新旧书籍,最怪的是上课时从不记笔记,只带一本和课堂无关的闲书,一面听讲一面看自己的书,但是考试总是第一,他自己喜欢读书,也鼓励别人读书。……"据锺

---

① 《清华大学第五级毕业五十周年纪念册》(一九八四年出版)转载此文。饶君已故。

书告诉我,他上课也带笔记本,只是不作笔记,却在本子上乱画。现在美国的许振德君和锺书是同系同班。他最初因锺书夺去了班上的第一名,曾想揍他一顿出气,因为他和锺书同学之前,经常是名列第一的。一次偶有个不能解决的问题,锺书向他讲解了,他很感激,两人成了朋友,上课常同坐在最后一排。许君上课时注意一女同学,锺书就在笔记本上画了一系列的《许眼变化图》,在同班同学里颇为流传,锺书曾得意地画给我看。一年前许君由美国回来,听锺书说起《许眼变化图》还忍不住大笑。

锺书小时候,中药房卖的草药每一味都有两层纸包裹;外面一张白纸,里面一张印着药名和药性。每服一副药可攒下一叠包药的纸。这种纸干净、吸水,锺书大约八九岁左右常用包药纸来临摹他伯父藏的《芥子园画谱》,或印在《唐诗三百首》里的"诗中之画"。他为自己想出一个别号叫"项昂之"——因为他佩服项羽,"昂之"是他想象中项羽的气概。他在每幅画上挥笔署上"项昂之"的大名,得意非凡。他大约常有"项昂之"的兴趣,只恨不善画。他曾央求当时在中学读书的女儿为他临摹过几幅有名的西洋淘气画,其中一幅是《魔鬼临去遗臭图》(图名是我杜撰),魔鬼像吹喇叭似的后部撒着气逃跑,画很妙。上课画《许眼变化图》,央女儿代摹《魔鬼遗臭图》,想来也都是"痴气"的表现。

　　锺书在他父亲的教导下"发愤用功",其实他读书还是出于喜好,只似馋嘴佬贪吃美食:食肠很大,不择精粗,甜咸杂进。极俗的书他也能看得哈哈大笑。戏曲里的插科打诨,他不仅且看且笑,还一再搬演,笑得打跌。精微深奥的哲学、美学、文艺理论等大部著作,他像小儿吃零食那样吃了又吃,厚厚的书一本本渐次吃完。诗歌更是他喜好的读物。重得拿不动的大字典、辞典、百科全书等,他不仅挨着字母逐条细读,见了新版本,还不嫌其烦地把新条目增补在旧书上。他看书常做些笔记。

　　我只有一次见到他苦学。那是在牛津,他提出论文题之前,须学习古文书学(Peleography),要能辨认英国十一世纪以来的各式古文字。他毫无兴趣,考试前只好硬记,因此每天读一本侦探小说"休养脑筋","休养"得睡梦中手舞脚踢,不知是捉拿凶手,还是自己做了凶手和警察打架。结果考试不及格,只好暑假后补考。这件补考的事,《围城》英译本《导言》里也提到(见14页)。锺书一九七九年访美,该译本出版家把译文的《导言》给他过目,他读到这一段又惊又笑,想不到调查这么精密。后来胡志德（Theodore Huters）君来见，才知道是他向锺书在牛津时的同窗好友 Donald Stuart 打听来的。胡志德一九八二年出版的《钱锺书》里把这件事却删去了。①

锺书的"痴气"书本里灌注不下，还洋溢出来。我们在牛津时，他午睡，我临帖，可是一个人写写字困上来，便睡着了。他醒来见我睡了，就饱蘸浓墨，想给我画个花脸。可是他刚落笔我就醒了。他没想到我的脸皮比宣纸还吃墨，洗净墨痕，脸皮像纸一样快洗破了，以后他不再恶作剧，只给我画了一幅肖像，上面再添上眼镜和胡子，聊以过瘾。回国后他暑假回上海，大热天女儿熟睡（女儿还是娃娃呢），他在她肚子上画一个大脸，挨他母亲一顿训斥，他不敢再画。沦陷在上海的时候，他多余的"痴气"往往发泄在叔父的小儿小女、孙儿孙女和自己的女儿阿圆身上。这一串孩子挨肩儿都相差两岁，常在一起玩。有些语言在"不文明"或"臭"的边缘上，他们很懂事似的注意避忌。锺书变着法儿，或作手势，或用切口，诱他们说出来，就赖他们说"坏话"。于是一群孩子围着他吵呀，打呀，闹个没完。他虽然挨了围攻，还俨然以胜利者

---

① 锺书记错了，我翻阅此书，这件事并未删去。

自居。他逗女儿玩，每天临睡在她被窝里埋置"地雷"，埋得一层深入一层，把大大小小的各种玩具、镜子、刷子，甚至砚台或大把的毛笔都埋进去，等女儿惊叫，他就得意大乐。女儿临睡必定小心搜查一遍，把被里的东西一一取出。锺书恨不得把扫帚、畚箕都塞入女儿被窝，博取一遭意外的胜利。这种玩意儿天天玩也没多大意思，可是锺书百玩不厌。

他又对女儿说，《围城》里有个丑孩子，就是她。阿圆信以为真，却也并不计较。他写了一个开头的《百合心》里，有个女孩子穿一件紫红毛衣，锺书告诉阿圆那是个最讨厌的孩子，也就是她。阿圆大上心事，怕爸爸冤枉她，每天找他的稿子偷看，锺书就把稿子每天换个地方藏起来。一个藏，一个找，成了捉迷藏式的游戏。后来连我都不知道稿子藏到哪里去了。

锺书的"痴气"也怪别致的。他很认真地跟我说："假如我们再生一个孩子，说不定比阿圆好，我们就要喜欢那个孩子了，那我们怎么对得起阿圆呢。"提倡一对父母生一个孩子的理论，还从未讲到父母为了用情专一而只生一个。

解放后，我们在清华养过一只很聪明的猫。小猫初次上树，不敢下来，锺书设法把它救下。小猫下来后，用爪子轻轻软软地在锺书腕上一搭，表示感谢。我们常爱引用西方谚语：

"地狱里尽是不知感激的人。"小猫知感，锺书说它有灵性，特别宝贝。猫儿长大了，半夜和别的猫儿打架。锺书特备长竹竿一枝，倚在门口，不管多冷的天，听见猫儿叫闹，就急忙从热被窝里出来，拿了竹竿，赶出去帮自己的猫儿打架。和我们家那猫儿争风打架的情敌之一是紧邻林徽因女士的宝贝猫，她称为她一家人的"爱的焦点"。我常怕锺书为猫而伤了两家和气，引用他自己的话说："打狗要看主人面，那么，打猫要看主妇面了！"（《猫》的第一句）他笑说："理论总是不实践的人制定的。"

钱家人常说锺书"痴人有痴福"。他作为书痴，倒真是有点痴福。供他阅读的书，好比富人"命中的禄食"那样丰足，会从各方面源源供应。（除了下放期间，他只好"反刍"似的读读自己的笔记和携带的字典。）新书总会从意外的途径到他手里。他只要有书可读，别无营求。这又是家人所谓"痴气"的另一表现。

锺书和我父亲诗文上有同好，有许多共同的语言。锺书常和我父亲说些精致典雅的淘气话，相与笑乐。一次我父亲问我："锺书常那么高兴吗？""高兴"也正是钱家所谓"痴气"的表现。

我认为《管锥编》、《谈艺录》的作者是个好学深思的锺书,《槐聚诗存》的作者是个"忧世伤生"的锺书,《围城》的作者呢,就是个"痴气"旺盛的锺书。我们俩日常相处,他常爱说些痴话,说些傻话,然后再加上创造,加上联想,加上夸张,我常能从中体味到《围城》的笔法。我觉得《围城》里的人物和情节,都凭他那股子痴气,呵成了真人实事。可是他毕竟不是个不知世事的痴人,也毕竟不是对社会现象漠不关心,所以小说里各个细节虽然令人捧腹大笑,全书的气氛,正如小说结尾所说:"包涵对人生的讽刺和伤感,深于一切语言、一切啼笑",令人回肠荡气。

锺书写完了《围城》,"痴气"依然旺盛,但是没有体现为第二部小说。一九五七年春,"大鸣大放"正值高潮,他的《宋诗选注》刚脱稿,因父病到湖北省亲,路上写了《赴鄂道中》五首绝句,现在引录三首:"晨书暝写细评论,诗律伤严敢市恩。碧海掣鲸闲此手,祇教疏凿别清浑。""弈棋转烛事多端,饮水差知等暖寒。如膜妄心应褪净,夜来无梦过邯郸。""驻车清旷小徘徊,隐隐遥空碾懑雷。脱叶犹飞风不定,啼鸠忽噪雨将来。"后两首寄寓他对当时情形的感受,前一首专指《宋诗选注》而说,点化杜甫和元好问的名句("或看翡翠兰苕上,未掣鲸鱼碧海中";"谁是诗中疏凿手,暂教泾渭各清浑")。据我了解,他自信还有写作之才,却只能从事研究或评论工作,从此不但口"噤",而且不兴此念了。《围城》重印后,我问他想不想再写小说。他说:"兴致也许还有,才气已与年俱减。要想写作而没有可能,那只会有遗恨;有条件写作而写出来的不成东西,那就只有后悔了。遗恨里还有哄骗自己的余地,后悔是你所学的西班牙语里所谓'面对真理的时刻',使不得一点儿自我哄骗、开脱或宽容的,味道不好受。我宁恨毋悔。"这几句话也许可作《围城·重印前记》的笺注吧。

我自己觉得年纪老了;有些事,除了我们俩,没有别人知道。我要趁我们夫妇都健在,一一记下。如有错误,他可以指出,我可以改正。《围城》里写的全是捏造,我所记的却全是事实。

一九八六年发表

收藏了十五年的附识

我写完《记钱锺书与〈围城〉》,给钱锺书过目。他提笔蘸上他惯用的淡墨,在我稿子后面一页稿纸上写了几句话。我以为是称赞,单给我一人看的,就收下藏好。藏了十五年。

最近我又看到这一页"钱锺书识",恍然明白这句话是写给别人看的。我怎么一点没想到?真是"谦虚"得糊涂了。不过我也糊涂得正好。如果当时和本文一起刊出,读者岂不笑钱锺书捧老伴儿!读者如今看到,会明白这不是称赞我。他准想到了四十多年前,魔鬼夜访钱锺书时讥刺传记的那番高论。虽然《记钱锺书与〈围城〉》之作旨在说明《围城》绝非传记,不是为他立传;但我毕竟写了他的往事。所以他特地证明,我写的都是实情,不属魔鬼所指的那种传记。

一九九七年十月九日

以下是他的《附识》和附识的墨迹：

这篇文章的内容，不但是实情，而且是"秘闻"。要不是作者一点一滴地向我询问，而且勤奋地写下来，有好些事迹我自己也快忘记了。文笔之佳，不待言也！

钱锺书识
一九八二年七月四日①

---

① 这是写完文章的日期。此文一九八六年五月才出版，原因是锺书开始不愿发表，说"以妻写夫，有吹捧之嫌"。详见《我答乔木同志信》（信存档）。

这篇文章的内容,不保(仅)是实情,而且是"秘闻"。要是作者一点一滴地向我询问,而且勤情地写下来,否面些了险,我自己也快忘记了。文笔之佳,无待言也。

锺诚 一九八二年青日

丙午丁未年纪事
（乌云与金边）

　　丙午丁未年的大事是"史无前例的文化大革命"。旧社会过来的老知识分子不是"革命"的主要对象，尤其像我这种没有名位也从不掌权的人，一般只不过陪着挨斗罢了。这里所记的是一个"陪斗者"的经历，仅仅是这场"大革命"里的小小一个侧面。

一九八六年

一 风狂雨骤

一九六六年八月九日——也就是阴历丙午年的六月，我下班回家对默存说："我今天'揪出来了'，你呢？"

他说："还没有，快了吧？"

果然三天后他也"揪出来了"。

我问默存："你是怎么'揪出来'的？"

他也莫名其妙。"大概是人家贴了我几张大字报。"

我倒记得很清楚。当时还没有一张控诉我的大字报，不过我已早知不妙。一次，大会前群众传看一份文件，传到我近旁就跳过了我，好像没有我这个人。再一次大会上，忽有人提出："杨季康，她是什么人？"并没有人为我下定义，因为正在检讨另一"老先生"。会后，我们西方文学组的组秘书尴尬着脸对我说："以后开会，你不用参加了。"我就这样给"揪出来了"。

"揪出来"的算什么东西呢，还"妾身未分明"。革命群众天天开大会。我们同组"揪出来"的一伙，坐在空落落的办公室里待罪。办公室的四壁贴满了红红绿绿的"语录"条，有一张上说：拿枪的敌人消灭后，不拿枪的敌人依然存在。一位同伙正坐在这条语录的对面。他好像阿Q照见了自己癞痢头上的疮疤，气呼呼地换了一个坐位。好在屋里空位子多的是，我们足有自由随便就坐，不必面对不爱看的现实。

有一天，报上发表了"五·一六通知"。我们在冷冷清清的办公室里正把这个文件细细研究，窃窃私议，忽被召去开大会。我们满以为按这个指示的精神，革命群众该请我们重新加入他们的队伍。不料大会上群众愤怒地控诉我们种种罪行，并公布今后的待遇：一，不发工资，每月发生活费若干元；二，每天上班后，身上挂牌，牌上写明身份和自己招认并经群众审定的罪状；三，组成劳动队，行动听指挥，并由"监管小组"监管。

我回家问默存"你们怎么样？"当然，学部各所都是一致的，我们俩的遭遇也相仿佛。他的专职是扫院子，我的专职是扫女厕。我们草草吃过晚饭，就像小学生做手工那样，认真制作自己的牌子。外文所规定牌子圆形，白底黑字。文学所规定牌子长方形，黑底白字。我给默存找出一块长方的小木片，自己用大碗扣在硬纸上画了个圆圈剪下，两人各按规定，精工巧制；做好了牌子，工楷写上自己一款款罪名，然后穿上绳子，各自挂在胸前,互相鉴赏。我们都好像艾丽思梦游奇境,不禁引用艾丽思的名言:"curiouser and curiouser!"

事情真是愈出愈奇。学部没有大会堂供全体开会,只有一个大席棚。有一天大雨骤冷,忽有不知何处闯来造反的红卫兵,把各所"揪出来"的人都召到大席棚里,押上台去"示众",还给我们都戴上报纸做成的尖顶高帽。在群众愤怒的呵骂声中,我方知我们这一大群"示众"的都是"牛鬼蛇神"。我偷眼看见同伙帽子上都标着名目,如"黑帮"、"国民党特务"、"苏修特务"、"反动学术权威"、"资产阶级学术权威"等等。我直在猜测自己是个什么东西。散会我给推推搡搡赶下台,可是我早已脱下自己的高帽子看了一眼,我原来是个"资产阶级学者",自幸级别不高。尖顶高帽都需缴还。帽子上的名目经过规范化,我就升级成了"资产阶级学术权威",和默存一样。

我和同伙冒雨出席棚,只愁淋成落汤鸡,不料从此成了"落水狗",人人都可以欺凌戏侮,称为"揪斗"。有一天默存回家,头发给人剃掉纵横两道,现出一个"十"字;这就是所谓"怪头"。幸好我向来是他的理发师,赶紧把他的"学士头"改为"和尚头",抹掉了那个"十"字,听说他的一个同伙因为剃了"怪头",饱受折磨。理发店不但不为他理发,还给他扣上字纸篓子,命他戴着回家。

我的同伙没遭这个恶作剧,可是宿舍大院里立刻有人响应了。有一晚,同宿舍的"牛鬼蛇神"都在宿舍的大院里挨斗,有人用束腰的皮带向我们猛抽。默存背上给抹上唾沫、鼻涕和糨糊,渗透了薄薄的夏衣。我的头发给剪去一截。斗完又勒令我们脱去鞋袜,排成一队,大家伛着腰,后人扶住前人的背,绕着院子里的圆形花栏跑圈儿;谁停步不前或直起身子就挨鞭打。发号施令的是一个"极左大娘"——一个老革命职工的夫人;执行者是一群十几岁的男女孩子。我们在笑骂声中不知跑了多少圈,初次意识到自己的脚底多么柔嫩。等我们能直起身子,院子里的人已散去大半,很可能是并不欣赏这种表演。我们的鞋袜都已不知去向,只好赤脚上楼回家。

那位"极左大娘"还直在大院里大声恫吓:"你们这种人!当心!把你们一家家扫地出门!大楼我们来住!"她坐在院子中心的水泥花栏上侦察,不时发出警告:"×门×号!谁在撕纸?""×门×号!谁在烧东西?"一会儿又叫人快到大楼后边去看看,"谁家烟筒冒烟呢!"夜渐深,她还不睡,却老在喝问:"×门×号!这会儿干吗还亮着灯?"

第二天清晨，我们一伙都给赶往楼前平房的各处院子里去扫地并清除垃圾。这是前夕不知谁下的命令。我去扫地的几处，一般都很体谅。有的说，院子已经扫过了，有的象征性地留着小撮垃圾给我们清除。有一家的大娘却狠，口口声声骂"你们这种人"，命我爬进铁丝网拦着的小臭旮旯儿，用手指抓取扫帚扫不到的臭蛋壳和烂果皮。押我的一个大姑娘拿一条杨柳枝作鞭子，抽得我肩背上辣辣地痛。我认识她。我回头说："你爸爸也是我们一样的人，"因为我分明看见他和我们一起在席棚里登台示众的。那姑娘立起一对眼珠子说："他和你们不一样！"随手就猛抽一鞭。原来她爸爸投靠了什么有权力的人，确实和我们不一样了。那位姑娘的积极也是理所当然。

宿舍大院的平房里忽出现一个十六七岁的红卫兵。他星期日召集大楼里的"牛鬼蛇神"去训话，下令每天清早上班之前，扫大院，清除垃圾，还附带一连串的禁令：不许喝牛奶，不许吃鱼、吃肉、吃鸡蛋，只许吃窝窝头、咸菜和土豆。当时已经有许多禁令，也不知是谁制定的，如不准戴草帽，不准撑阳伞，不准穿皮鞋等等。我们这群"牛鬼蛇神"是最驯良、最和顺的罪犯，不论谁的命令都一一奉行。因为一经"揪出"，就不在人民群众之中，而在人民群众之外，如果抗不受命，就是公然与人民为敌，"自绝于人民"。"牛鬼蛇神"互相勖勉、互相安慰的"官话"是"相信党，相信人民"，虽然在那个时候，不知有谁能看清党在哪里，人民又是谁。

"极左大娘"不许我家阿姨在我家干活，因为她不肯写大字报骂我。可是她又不准阿姨走，因为家有阿姨，随便什么人随时可打门进来搜查。默存的皮鞋领带都给闯来的红卫兵拿走了，又要拿打字机。阿姨撒谎说是公家的，没让拿。我教阿姨推说我们机关不准我家请阿姨，"极左大娘"只好放她走，我才关住了大门。阿姨临走对我说："你现在可以看出人的好坏来了——不过，还是好人多。"这当然是她的经验之谈，她是吃过苦的人。我常想：好人多吗？多的是什么样的好人呢？——"究竟还是坏人少"，这样说倒是不错的。

"扫地出门"很多地方实行了；至少，造反派随时可闯来搜查。家家都有"罪证"得销毁。宿舍里有个"牛鬼蛇神"撕了好多信，不敢烧，扔在抽水马桶里。不料冲到底层，把马桶堵塞了。住楼下的那位老先生有幸未列为"权威"，他不敢麻痹大意，忙把马桶里的纸片捞出漂净，敬献革命群众。这就引起宿舍里又一次"揪斗"。我回家较晚，进院看见大楼前的台阶上站满了人，大院里也挤满了人，有坐的，有站的，王大嫂是花儿匠的爱人,她一见我就偷偷向我摆手。我心知不妙,却又无处可走,正迟疑,看见平房里的张大妈对我努嘴,示意叫我退出去。可是"极左大娘"已经看见我了,提着名字喝住,我只好走上台阶,站在默存旁边。

我们都是陪斗。那个用杨柳枝鞭我的姑娘拿着一把锋利的剃发推子,把两名陪斗的老太太和我都剃去半边头发,剃成"阴阳头"。有一位家庭妇女不知什么罪名,也在我们队里。她含泪合掌,向那姑娘拜佛似的拜着求告,总算幸免剃头。我不愿长他人志气,求那姑娘开恩,我由她剃光了半个头。那是八月二十七日晚上。

剃了"阴阳头"的,一个是退休干部,她可以躲在家里;另一个是中学校长,向来穿干部服、戴干部帽,她可以戴着帽子上班。我没有帽子,大暑天也不能包头巾,却又不能躲在家里。默存急得直说"怎么办?"我持强说:"兵来将挡,火来水挡;总有办法。"我从二楼走上三楼的时候,果然灵机一动,想出个办法来。我女儿几年前剪下两条大辫子,我用手帕包着藏在柜里,这会子可以用来做一顶假发。我找出一只掉了耳朵的小锅做楦子,用默存的压发帽做底,解开辫子,把头发一小股一小股缝上去。我想不出别的方法,也没有工具,连糨糊胶水都没有。我费了足足一夜功夫，做成一项假发，害默存整夜没睡稳（因为他不会帮我，我不要他白陪着）。

我笑说，小时候老羡慕弟弟剃光头，洗脸可以连带洗头，这回我至少也剃了半个光头。果然，羡慕的事早晚会实现，只是变了样。我自恃有了假发，"阴阳头"也无妨。可是一戴上假发，方知天生毛发之妙，原来一根根都是通风的。一顶假发却像皮帽子一样，大暑天盖在头上闷热不堪，简直难以忍耐。而且光头戴上假发，显然有一道界线。剪下的辫子搁置多年，已由乌黑变成枯黄色，和我的黑发色泽不同——那时候我的头发还没有花白。

来京串连的革命小将乘车不买票，公共车辆拥挤不堪，上车不易。我和默存只好各自分头挤车。我戴着假发硬挤上一辆车，进不去，只能站在车门口的阶梯子，比车上的乘客低两个阶层。我有月票。不用买票，可是售票员一眼识破了我的假发，对我大喝一声："哼！你这黑帮！你也上车？"我声明自己不是"黑帮"。"你不是黑帮是什么？"她看着我的头发。乘客都好奇地看我。我心想："我是什么？牛鬼蛇神、权威、学者，哪个名称都不美，还是不说为妙。"我心里明白，等车一停，立即下车。直到一年以后，我全靠两条腿走路。

街上的孩子很尖利,看出我的假发就伸手来揪,幸有大人喝住,我才免了当街出彩。我托人买了一只蓝布帽子,可是戴上还是形迹可疑,出门不免提心吊胆,望见小孩子就忙从街这边躲到街那边,跑得一溜烟,活是一只过街的老鼠。默存愿意陪我同走,可是戴眼镜又剃光头的老先生,保护不了我。我还是独走灵便。

我们生活上许多事都得自己料理。革命群众已通知煤厂不得为"牛鬼蛇神"家送煤。我们日用的蜂窝煤饼,一个个都得自己到煤厂去买。咸菜、土豆当然也得上街买。卖菜的大娘也和小孩子一样尖利,眼睛总盯着我的假发。有个大娘满眼敌意,冷冷地责问我:"你是什么人?"我不知该怎么回答,以后就和默存交换任务:他买菜,我买煤。我每天下班路过煤厂,买三块大煤、两块小煤,用两只网袋装了一前一后搭在肩上,因为我扫地扫得两手无力,什么都拿不动了。煤厂工人是认识我的。他们明知我是"牛鬼蛇神",却十分照顾。我下班赶到煤厂,往往过了营业时间,他们总放我进厂,叫我把钱放在案上,任我自取煤饼。有一次煤厂工人问我:"你烧得了这么多煤吗?"我说:"六天买七天的,星期日休假。"他们听我还给自己"休假",都笑了。往常给我家送煤的老田说:"干脆我给你送一车吧。"他果然悄悄儿给我送了一车。我央求他给李健吾和唐棣华家也送些煤,他也送了。这事不幸给"极左大娘"知道,立即带着同伙赶到煤厂,制止了送煤。

不久以后,听说"极左大娘"在前院挨斗了。据说她先前是个私门子,嫁过敌伪小军官。传闻不知真假,反正我们院子里从此安静了。有个丑丫头见了我就钉着臭骂;有位大娘公然护着我把她训斥了一顿,我出入大院不再挨骂。

宿舍大院里的暴风雨暂时过境,风势和缓下来,不过保不定再来一阵。"一切牛鬼蛇神"正在遭受"横扫",我们得战战栗栗地待罪。

可是我虽然每天胸前挂着罪犯的牌子,甚至在群众愤怒而严厉的呵骂声中,认真相信自己是亏负了人民、亏负了党,但我却觉得,即使那是事实,我还是问心无愧,因为——什么理由就不必细诉了,我也懒得表白,反正"我自巍然不动"。打我骂我欺侮我都不足以辱我,何况我所遭受的实在微不足道。至于天天吃窝窝头咸菜的生活,又何足以折磨我呢。我只反复自慰:假如我短寿,我的一辈子早完了,也不能再责望自己做这样那样的事;我不能像莎士比亚《暴风雨》里的米兰达,惊呼"人类多美呀。啊,美丽的新世界……!"我却见到了好个新奇的世界。

二 颠倒过来

派给我的劳动任务很轻,只需收拾小小两间女厕,这原是文学所小刘的工作。她是临时工,领最低的工资——每月十五元。我是妇女里工资最高的。革命群众叫我干小刘的活儿,小刘却负起监督文学所全体"牛鬼蛇神"的重任。这就叫"颠倒过来"。

我心上慨叹:这回我至少可以不"脱离实际",而能"为人民服务"了。

我看过那两间污秽的厕所,也料想我这份工作是相当长期的,决不是三天两天或十天八天的事。我就置备了几件有用的工具,如小铲子、小刀子,又用竹筷和布条做了一个小拖把,还带些去污粉、肥皂、毛巾之类和大小两个盆儿,放在厕所里。不出十天,我把两个斑剥陆离的磁坑、一个垢污重重的洗手磁盆和厕所的门窗板壁都擦洗得焕然一新。磁坑和磁盆原是上好的白磁制成,铲刮掉多年积污,虽有破缺,仍然雪白锃亮。三年后,潘家洵太太告诉我:"人家说你收拾的厕所真干净，连水箱的拉链上都没一点灰尘。"这当然是过奖了。不过我确还勤快，不是为了荣誉或"热爱劳动"，我只是怕脏怕臭，而且也没有别的事可做。

小刘告诉我，去污粉、盐酸、墩布等等都可向她领取。小刘是我的新领导，因为那两间女厕属于她的领域。我遇到了一个非常好的领导。她尊重自己的下属，好像觉得手下有我，大可自豪。她一眼看出我的工作远胜于她，却丝毫没有忌嫉之心，对我非常欣赏。我每次向她索取工作的用具，她一点没有架子，马上就拿给我。默存曾向我形容小刘的威风。文学所的"牛鬼蛇神"都聚在一间屋里，不像我们分散几个办公室，也没有专人监视。我很想看看默存一伙的处境。一次，我估计他们已经扫完院子，就借故去找小刘。我找到三楼一间闷热的大办公室，看见默存和他同伙的"牛鬼蛇神"都在那里。他们把大大小小的书桌拼成马蹄形，大伙儿挨挨挤挤地围坐成一圈。上首一张小桌是监管大员小刘的。她端坐桌前，满面严肃。我先在门外偷偷和室内熟人打过招呼，然后就进去问小刘要收拾厕所的东西。她立即离席陪我出来，找了东西给我。

几年以后，我从干校回来，偶在一个小胡同里看见小刘和一个女伴推着一辆泔水车迎面而来。我正想和她招呼，她却假装不见,和女伴交头接耳,目不斜视,只顾推车前去。那女伴频频回头,看了我几眼。小刘想必告诉她,我是曾在她管下的"牛鬼蛇神"。

收拾厕所有意想不到的好处。那时候常有红卫兵闯来"造反"。据何其芳同志讲,他一次被外地来的红卫兵抓住,问他是干什么的——他揪出较早,身上还不挂牌子。他自称是扫院子的。

"扫院子的怎么戴眼镜儿?"

他说从小近视。可是旁人指出他是何其芳。那位小将凑近前去,悄悄说了不少仰慕的话。其芳同志后来对默存偷偷儿讲了这番遭遇。我不能指望谁来仰慕我。我第一次给外来的红卫兵抓住,就老老实实按身上挂的牌子报了姓名,然后背了我的罪名:一、拒绝改造;二、走白专道路;三、写文章放毒。那个红卫兵觉得我这个小鬼不足道,不再和我多说。可是我怕人揪住问罪,下次看见外来的红卫兵之流,就躲入女厕。真没想到女厕也神圣不可侵犯,和某些大教堂、大寺院一样,可充罪犯的避难所。

我多年失眠,却不肯服安眠药,怕上瘾;学做气功,又像王安石"坐禅实不亏人",坐定了就想出许多事来,要坐着不想是艰苦的奋斗。我这番改行扫厕所,头脑无需清醒,失眠就放心不眠。我躺着想到该做什么事,就起来做。好在我的卧室在书房西边,默存睡在书房东边的套间里,我行动轻,不打搅他。该做的事真不少。第一要紧的是销毁"罪证",因为毫无问题的字纸都会成为严重的罪证。例如我和小妹妹杨必的家信,满纸胡说八道,引用的典故只我们姊妹了解,又常用家里惯用的切口。家信不足为外人道,可是外人看来,保不定成了不可告人的秘密或特别的密码。又如我还藏着一本《牙牌神数》,这不是迷信吗?家信之类是舍不得撕毁,《神数》之类是没放在心上。我每晚想到什么该毁掉的,就打着手电,赤脚到各处去搜出来。可是"毁尸灭迹"大非易事。少量的纸灰可以浇湿了拌入炉灰,倾入垃圾;烧的时候也不致冒烟。大叠的纸却不便焚烧,怕冒烟。纸灰也不能倾入垃圾,因为准有人会检查,垃圾里有纸灰就露馅了。我女儿为爸爸买了他爱吃的糖,总把包糖的纸一一剥去,免得给人从垃圾里检出来。我常把字纸撕碎,浸在水里揉烂,然后拌在炉灰里。这也只能少量。留着会生麻烦的字纸真不少。我发现我们上下班随身带的手提袋从不检查,就大包大包带入厕所,塞在脏纸篓里,然后倒入焚化脏纸的炉里烧掉。我只可惜销毁的全是平白无辜的东西,包括好些值得保留的文字。假如我是特务,收拾厕所就为我大开方便之门了。

我们"牛鬼蛇神"劳动完毕,无非写交代,做检讨,或学习。我借此可以扶头瞌睡,或胡思乱想,或背诵些喜爱的诗词。我夜来抄写了藏在衣袋里,背不出的时候就上厕所去翻开读读。所以我尽量把厕所收拾得没有臭味,不时的开窗流通空气,又把磁坑抹拭得干干净净,尤其是挡在坑前的那个磁片(我称为"照墙")。这样呢,我随时可以进去坐坐,虽然只像猴子坐钉,也可以休息一会。

一次我们这伙"牛鬼蛇神"搬运了一大堆煤块,余下些煤末子,就兑上水,做成小方煤块。一个小女孩在旁观看。我逗她说:"瞧,我们做巧克力糖呢,你吃不吃?"她乐得嘻嘻哈哈大笑,在我身边跟随不舍。可是不久她就被大人拉走了;她不大愿意,我也不大舍得。过两天,我在厕所里打扫,听见这个小女孩在问人:"她是干什么的?"有人回答说:"扫厕所的。"从此她正眼也不瞧我,怎么也不肯理我了。一次我看见她买了大捆的葱抱不动,只好拖着走。我要帮她,她却别转了脸不要我帮。我不知该慨叹小孩子家也势利,还是该赞叹小孩子家也会坚持不与坏人为伍,因为她懂得扫厕所是最低贱的事，那时候扫厕所是惩罚，受这种惩罚的当然不是好人；至于区别好人坏人，原不是什么简单的事。

我自从做了扫厕所的人，却享到些向所未识的自由。我们从旧社会过来的老人，有一套习惯的文明礼貌，虽然常常受到"多礼"的谴责，却屡戒不改。例如见了认识的人，总含笑招呼一下，尽管自己心上不高兴，或明知别人不喜欢我，也不能见了人不理睬。我自从做了"扫厕所的"，就乐得放肆，看见我不喜欢的人干脆呆着脸理都不理，甚至瞪着眼睛看人，好像他不是人而是物。决没有谁会责备我目中无人，因为我自己早已不是人了。这是"颠倒过来"了意想不到的妙处。

可是到厕所来的人，平时和我不熟的也相当礼貌。那里是背人的地方，平时相熟的都会悄悄慰问一声："你还行吗？"或"顶得住吗？"或关切我身体如何，或问我生活有没有问题。我那顶假发已经几次加工改良。有知道我戴假发的，会凑近细看说："不知道的就看不出来。"有人会使劲"咳！"一声表示愤慨。有一个平时也并不很熟的年轻人对我做了个富有同情的鬼脸，我不禁和她相视而笑了。事过境迁，群众有时还谈起我收拾厕所的故事。可是我忘不了的，是那许多人的关心和慰问，尤其那个可爱的鬼脸。

三 一位骑士和四个妖精

我变成"牛鬼蛇神"之后,革命群众俘虏了我翻译的《堂吉诃德》,并活捉了我笔下的"四个大妖精"。堂吉诃德是一位正派的好骑士,尽管做了俘虏,也决不肯损害我。四个大妖精却调皮捣蛋,造成了我的弥天大罪。不过仔细想来,妖精还是骑士招来的。"罪证"往往意想不到。我白白地终夜睁着两眼寻寻觅觅,竟没有发现偌大四个妖精,及早判处他们火刑。

我剃成阴阳头的前夕,出版社的一个造反派到学部来造反,召我们外文所的"牛鬼蛇神"晚饭后到大席棚挨斗。(默存他们一伙挨斗是另一天,他们许多人都罚跪了。)我回家吃完晚饭出门,正值暴雨。我撑着雨伞,穿上高筒胶鞋,好不容易挤上公共汽车;下车的时候,天上的雨水真是大盆大盆地泼下来,街上已积水成河。我赶到席棚,衣裤湿了大半,胶鞋里倾出半靴子雨水。我已经迟到,不知哪儿来的高帽子和硬纸大牌子都等着我了。我忙忙戴上帽子,然后举起双手,想把牌子挂上脖子,可是帽子太高,我两臂高不过帽子。旁边"革命群众"的一员静静地看着,指点说:"先戴牌子,再戴帽子呀。"

我经他提醒,几乎失笑,忙摘下帽子,按他的话先挂牌子,然后戴上高帽。我不过是陪斗,主犯是谁我也不清楚,觉得挨骂的不是我,反正我低头站在台边上就是了。揪斗完毕,革命小将下了一道命令:"把你们的黑稿子都交出来!"

"黑稿子?"什么是"黑稿子"呢?据我同伙告诉我,我翻译的《吉尔·布拉斯》"诲淫诲盗",想必是"黑"的了。《堂吉诃德》是不是"黑"呢?堂吉诃德是地主,桑丘是农民,书上没有美化地主,歪曲农民吗?巨人怪兽,不都是迷信吗?想起造反派咄咄逼人的威势,不敢不提高警惕。我免得这部稿子遭殃,还是请革命群众来判定黑白,料想他们总不至于把这部稿子也说成"黑稿子"。

《堂吉诃德》原著第一第二两部各四册,共八册,我刚译完第六册的一半。我每次誊清了译稿,就把草稿扔了。稿纸很厚,我准备在上面再修改加工的。这一大叠稿子重得很,我用牛皮纸包好,用麻绳捆上,再用红笔大字写上"《堂吉诃德》译稿"。我抱着这个沉重的大包挤上车,挤下车,还得走一段路。雨后泥泞,路不好走,我好不容易抱进办公室去交给组秘书。我看准他为人憨厚,从来不"左得可怕"。我说明译稿只此一份,没留底稿,并说,不知这部稿子是否"黑"。他很同情地说"就是嘛!"显然他不赞成没收。可是我背后另一个声音说:"交给小C。"小C原是通信员,按"颠倒过来"的原则,他是很有地位的负责人。原来那时候革命群众已经分裂为两派了,小C那一派显然认为《堂吉诃德》是"黑稿子",该没收。小C接过稿子抱着要走,组秘书郑重叮嘱说:"可这是人家的稿子啊,只有这一份,得好好儿保管。"小C不答,拿着稿子走了。我只好倒抽一口冷气,眼睁睁看着堂吉诃德做了俘虏。那一天真是我不幸的一天,早上交出《堂吉诃德》译稿,晚上给剃成"阴阳头"。

不久以后,一个星期日,不知哪个革命团体派人来我家没收尚未发表的创作稿。我早打定主意,什么稿子都不交出去了。我干脆说:"没有。"他又要笔记本。我随手打开抽屉,拿到两本旧笔记,就交给他。他说:"我记得你不止两本。"的确不止两本,可是当时我只拿到两本。我说:"没有了。"那位年轻人也许本性温和,也许有袒护之意,并不追问,也不搜查,就回去交差了。他刚走不久,我就找出一大叠整齐的笔记本,原来交出去的那两本是因为记得太乱,不打算保留的,所以另放一处。

我经常失眠,有时精神不振,听报告总专心做笔记,免得瞌睡。我交出去的两本是倦极乱记的。我不便补交，干脆把没交的一叠笔记销毁了事，这件事就置之脑后了。

一九六七年夏，我所的革命群众开始解放"牛鬼蛇神"。被解放的就"下楼"了。我是首批下楼的二人之一。从"牛棚""下楼"，还得做一番检讨。我认真做完检讨，满以为群众提些意见就能通过，不料他们向我质问"四个大妖精"的罪行。我呆了半晌，丈二的金刚摸不着头脑。哪里跳出来四个大妖精呢？有人把我的笔记本打开，放在我眼前，叫我自己看。我看了半天，认出"四个大妖精"原来是"四个大跃进"，想不到怎么会把"大跃进"写成"大妖精"，我脑筋里一点影子都没有。笔记本上，前后共有四次"四个大跃进"，只第二次写成"四个大妖精"。我只自幸没把粮、棉、煤、铁画成实物，加上眉眼口鼻，添上手脚，画成跳舞的妖精。这也可见我确在悉心听讲，忙着记录，只一念淘气，把"大跃进"写成"大妖精"。可是严肃的革命群众对"淘气"是不能理解的，至少是不能容忍的。我便是长了一百张嘴，也不能为自己辩白。有人甚至把公认为反动的"潜意识论"也搬来应用，说我下意识里蔑视那位做报告的首长。假如他们"无限上纲"——也不必"无限"，只要稍为再往上提提，说我蔑视的是"大妖精"，也许就把我吓倒了。可是做报告的首长正是我敬佩而爱戴的，从我的上意识到下意识，绝没有蔑视的影踪。他们强加于我的"下意识"，我可以很诚实地一口否认。

我只好再作检讨。一个革命派的"头头"命我把检讨稿先让他过目。我自以为检讨得很好，他却认为"很不够"。他说："你该知道，你笔记上写这种话，等于写反动标语。"我抗议说："那是我的私人笔记。假如上面有反动标语，张贴有罪。"他不答理。我不服气，不肯重作检讨，自己解放了自己。不过我这件不可饶恕的罪行，并没有不了了之。后来我又为这事两次受到严厉的批评；假如要追究的话，至今还是个未了的案件。

我说四个妖精都由堂吉诃德招来，并不是胡赖，而是事实。我是个死心眼儿，每次订了工作计划就一定要求落实。我订计划的时候，精打细算，自以为很"留有余地"。我一星期只算五天，一月只算四星期，一年只算十个月。一年三百六十五天，只有二百个工作日，我觉得太少了，还不到一年的三分之二。可是，一年要求二百个工作日，真是难之又难，简直办不到。因为面对书本，埋头工作，就导致不问政治，脱离实际。即使没有"运动"的时候，也有无数的学习会、讨论会、报告会等等，占去不少时日，或把可工作的日子割裂得零零碎碎。如有什么较大的运动，工作往往全部停顿。我们哪一年没有或大或小的"运动"呢？

政治学习是一项重要的工作。我也知道应该认真学习，积极发言。可是我认为学习和开会耗费时间太多，耽误了业务工作。学习会上我听到长篇精彩的"发言"，心里敬佩，却学不来，也不努力学。我只求"以勤补拙"；拙于言辞，就勤以工作吧。这就推我走上了"白专道路"。

"白专道路"是逆水行舟。凡是走过这条道路的都会知道，这条路不好走。而翻译工作又是没有弹性的，好比小工铺路，一小时铺多少平方米，欠一小时就欠多少平方米——除非胡乱塞责，那是另一回事。我如果精神好，我就超额多干；如果工作顺利，就是说，原文不太艰难，我也超额多干。超额的成果我留作"私蓄"，有亏欠可以弥补。攒些"私蓄"很吃力，四五天攒下的，开一个无聊的会就耗尽了。所以我老在早作晚息攒"私蓄"，要求工作能按计划完成。便在运动高潮，工作停顿的时候，我还偷工夫一点一滴地攒。《堂吉诃德》的译稿，大部分由涓涓滴滴积聚而成。我深悔一心为堂吉诃德攒"私蓄"，却没为自己积储些多余的精力，以致妖精乘虚而入。我做了"牛鬼蛇神",每夜躺着想这想那,却懵懵懂懂,一点没想到有妖精钻入笔记。我把这点疏失归罪于堂吉诃德,我想他老先生也不会嗔怪的。

我曾想尽办法,要把堂吉诃德救出来。我向没收"黑稿子"的"头头"们要求暂时发还我的"黑稿子",让我按着"黑稿子",检查自己的"黑思想"。他们并不驳斥我,只说,没收的"黑稿子"太多,我那一份找不到了。我每天收拾女厕,费不了多少时间,同伙还没扫完院子,我早已完事。我觉得单独一人傻坐在办公室里不大安全,所以自愿在群众的办公室外面扫扫窗台,抹抹玻璃,借此消磨时光。从堂吉诃德被俘后,我就想借此寻找他的踪迹。可是我这位英雄和古代小说里的美人一样,"侯门一入深似海",我每间屋子都张望过了,没见到他的影子。

过年以后,有一次我们"牛鬼蛇神"奉命打扫后楼一间储藏室。我忽从凌乱的废纸堆里发现了我那包《堂吉诃德》译稿。我好像找到了失散多年的儿女,忙抱起放在一只凳上,又惊又喜地告诉同伙:"我的稿子在这里呢!"我打算冒险把稿子偷走。出门就是楼梯,下楼就没人看守;抱着一个大纸包大模大样在楼梯上走也不像做贼,楼下的女厕虽然不是我打扫的，究竟是个女厕，我可以把稿子暂时寄放，然后抱回家去。当然会有重重险阻，我且走一步是一步。监视我们的是个老干部。我等他一转背，就把稿子抢在手里，可是刚举步，未及出门，我同伙一个"牛鬼蛇神"——他是怕我犯了错误牵累他吗？那可怪不到他呀；他该是出于对我的爱护吧？他指着我大喝一声："杨季康，你要干什么？"监视的干部转过身来，诧异地看着我。我生气说："这是我的稿子！"那位干部才明白我的用意。他倒并不责问，只软哄说："是你的稿子。可是现在你不能拿走，将来到了时候，会还给你。"我说："扔在废纸堆里就丢了。我没留底稿，丢了就没了！"我不记得当时还说了什么"大话"，因为我觉得这是吃了公家的饭干的工作，不是个人的事。他答应好好儿保藏，随我放在哪里都行。我先把稿子放在书柜里，又怕占了太好的位置，别人需要那块地方，会把稿子扔出来。所以我又把稿子取出，谨谨慎慎放在书柜顶上，叹口气，硬硬心，撇下不顾。

军工宣队进驻学部以后，"牛鬼蛇神"多半恢复人身，重又加入群众队伍，和他们一起学习。我请学习小组的组长向工人师傅要求发还我的译稿，因为我自知人微言轻，而他们也不懂得没收稿子的缘由。组长说："那是你的事，你自己去问。"

我得耐心等待机会。工人师傅们一下班就兴冲冲地打球,打完球又忙着监督我们学习,机会真不易得。几个月来,我先后三次钻得空子,三次向他们请求。他们嘴里答应,显然是置之不理。直到下放干校的前夕,原先的组秘书当了我们组的学习组长。我晚上学习的时候,递了一个条子给他。第二天早上,他问明我那包稿子所在,立即亲自去找来,交给我说:"快抱回家去吧!"

落难的堂吉诃德居然碰到这样一位扶危济困的骑士!我的感激,远远超过了我对许多人、许多事的恼怒和失望。

四 精彩的表演

我不爱表演,也不善表演,虽然有一次登上了吉祥大戏院的大舞台,我仍然没有表演。

那次是何其芳同志等"黑帮"挨斗,我们夫妇在陪斗之列。谁是导演,演出什么戏,我全忘了,只记得气氛很紧张,我却困倦异常。我和默存并坐在台下,我低着头只顾瞌睡。台上的检讨和台下的呵骂(只是呵骂,并未动武),我都置若罔闻。忽有人大喝:"杨季康,你再打瞌睡就揪你上台!"我忙睁目抬头，觉得嘴里发苦，知道是心上慌张。可是一会儿我又瞌睡了，反正揪上台是难免的。

我们夫妇先后都给点名叫上舞台。登台就有高帽子戴。我学得诀窍，注意把帽子和地平线的角度尽量缩小，形成自然低头式。如果垂直戴帽，就得把身子弯成九十度的直角才行，否则群众会高喊："低头！低头！"陪斗的不低头，还会殃及主犯。当然这种诀窍，只有不受注意的小"牛鬼蛇神"才能应用。我把帽子往额上一按，紧紧扣住，不使掉落，眉眼都罩在帽子里。我就站在舞台边上，学马那样站着睡觉。谁也不知我这个跑龙套的正在学马睡觉。散场前我给人提名叫到麦克风前，自报姓名，自报身份，挨一顿混骂，就算了事。当初坐在台下，惟恐上台；上了台也就不过如此。我站在台上陪斗，不必表演；如果坐在台下，想要充当革命群众，除非我对"犯人"也像他们有同样的愤怒才行，不然我就难了。说老实话，我觉得与其骂人，宁可挨骂。因为骂人是自我表演，挨骂是看人家有意识或无意识地表演——表演他们对我的心意，而无意中流露的真情，往往是很耐人寻味的。

可是我意想不到，有一次竟不由自主，演了一出精彩的闹剧，充当了剧里的主角。

《干校六记》的末一章里,提到这场专为我开的斗争会。

群众审问我:"给钱锺书通风报信的是谁?"

我说:"是我。"

"打着手电贴小字报的是谁?"

我说:"是我——为的是提供线索,让同志们据实调查。"

台下一片怒斥声。有人说:"谁是你的'同志'!"

我就干脆不称"同志",改称"你们"。

聪明的夫妇彼此间总留些空隙,以便划清界线,免得互相牵累。我却一口担保,钱锺书的事我都知道。当时群情激愤——包括我自己。有人递来一面铜锣和一个槌子,命我打锣。我正是火气冲天,没个发泄处;当下接过铜锣和槌子,下死劲大敲几下,聊以泄怒。这一来可翻了天了。台下闹成一片,要驱我到学部大院去游街。一位中年老干部不知从哪里找来一块被污水浸霉发黑的木板,络上绳子,叫我挂在颈上。木板是滑腻腻的,挂在脖子上很沉。我戴着高帽,举着铜锣,给群众押着先到稠人广众的食堂去绕一周,然后又在院内各条大道上"游街"。他们命我走几步就打两下锣,叫一声"我是资产阶级知识分子!"我想这有何难,就难倒了我?况且知识分子不都是"资产阶级知识分子"吗?叫又何妨。我暂时充当了《小癞子》里"叫喊消息的报子";不同的是,我既是罪人,又自报消息。当时虽然没人照相摄入镜头,我却能学孙悟空让"元神"跳在半空中,观看自己那副怪模样,背后还跟着七长八短一队戴高帽子的"牛鬼蛇神"。那场闹剧实在是精彩极了,至今回忆,想象中还能见到那个滑稽的队伍,而我是那个队伍的首领!

群众大概也忘不了我出的"洋相",第二天见了我直想笑。有两人板起脸来训我:谁胆敢抗拒群众,叫他碰个头破血流。我很爽气大度,一口承认抗拒群众是我不好,可是我不能将无作有。他们倒还通情达理,并不再强逼我承认默存那桩"莫须有"的罪名。我心想,你们能逼我"游街",却不能叫我屈服。我忍不住要模仿桑丘·潘沙的腔吻说:"我虽然'游街'出丑,我仍然是个有体面的人!"

五 帘子和炉子

秋凉以后,革命群众把我同组的"牛鬼蛇神"和两位本所的"黑"领导安顿在楼上东侧一间大屋里。屋子有两个朝西的大窗,窗前挂着芦苇帘子。经过整个夏季的曝晒,窗帘已陈旧破败。我们收拾屋子的时候,打算撤下帘子,让屋子更轩亮些。

"牛鬼蛇神"的称呼已经不常用；有的称为"老家伙"。"老家伙"的名称也不常用，一般称"老先生"。我在这一伙里最小——无论年龄、资格、地位都最小，揪出也最晚。同伙的"牛鬼蛇神"瞧我揪出后没事人儿一般，满不在意，不免诧怪。其实，我挨整的遭数比他们多（因为我一写文章就"放毒"，也就是说，下笔就露馅儿，流露出"人道主义"、"人性论"等资产阶级观点）。他们自己就整过我。况且他们是红专家，至少也是粉红专家，或外红里白专家，我却"白"而不"专"，也称不上"家"。这回他们和我成了"一丘之貉"，当然委屈了他们，荣幸的是我。我们既然同是沦落人，有一位老先生慨然说："咱们是难友了。"

陈翔鹤同志一次曾和他的难友发了一点小牢骚，立即受到他领导好一顿训斥，因此他警告默存："当心啊，难友会卖友。"我为此也常有戒心。不过我既然和难友风雨同舟，出于"共济"的精神，我还是大胆献计说："别撤帘子。"他们问："为什么？"我说："革命群众进我们屋来，得经过那两个朝西的大窗。隔着帘子，外面看不见里面，里面却看得见外面。我们可以早作准备。"他们观察实验了一番，证明我说的果然不错。那两个大破帘子就一直挂着，没有撤下。

一位难友曾说："一天最关键的时刻是下午四时。传我们去训话或问话往往在四点以前，散会后群众就可以回家。如果到四点没事，那一天就平安过去了。"他的观察果然精确。不过自从我们搬入那间大屋，革命群众忙于打派仗，已不大理会我们。我们只要识趣，不招他们就没事。我们屋里有几只桌子的抽屉是锁着的，一次几个革命群众汹汹然闯进来，砸开锁，抄走了一些文件。我们都假装不见，等他们走了才抬头吐气。砸锁、抄东西的事也只偶然一见。我们有帘子隐蔽着，又没有专人监督，实在很自由。如果不需写交代或做检查，可以专心学习马列经典，也不妨传阅小报，我抽屉里还藏着自己爱读的书。革命群众如有事要找我们，等他们进屋，准发现我们一个个都规规矩矩地伏案学习呢。

那间屋子里没有暖气片，所以给我们装了一只大火炉。我们自己去拾木柴，捡树枝。我和文学所的木工老李较熟；我到他的木工房去借得一把锯子，大家轮着学锯木头。我们做过些小煤饼子，又搬运些煤块，轮流着生火和封火；封灭了明天重生，检查之类的草稿正可用来生火。学部的暖气并不全天供暖，我们的炉子却整日熊熊旺盛。两位外文所领导都回家吃饭,我们几个"老先生"各带一盒饭,先后在炉子上烤热了吃,比饭堂里排队买饭方便得多。我们饭后各据一隅,拼上几只椅子权当卧榻,叠几本书权当枕头,胡乱休息一会。起来了大家一起说说闲话,讲讲家常,虽然不深谈,也发点议论,谈些问题。有时大家懊悔,当初该学理科,不该学文学。有时我们分不清什么是"大是非",什么是"小是非",一起琢磨研究。有时某人出门买些糖食,大家分享。常言道:"文人相轻";又说是:"同行必妒"。我们既是文人,又是同行,居然能融融洽洽,同享帘子的蔽护和炉子的温暖,实在是难而又难的难友啊!

六 披着狼皮的羊

我们刚做"牛鬼蛇神",得把自我检讨交"监管小组"审阅。第一次的审阅最认真,每份发回的检讨都有批语。我得的批语是"你这头披着羊皮的狼!"同伙所得的批语都一样严厉。我们诧怪说:"谁这么厉害呀?"不久我们发现了那位审阅者,都偷偷端详了他几眼。他面目十分和善,看来是个谨厚的人。我不知他的姓名,按提绰号的惯例,把他本人的话做了他的名字，称为"披着羊皮的狼"，可是我总颠倒说成"披着狼皮的羊"，也许我觉得他只是披着狼皮的羊。

探险不必像堂吉诃德那样走遍世界。在我们当时的处境，随时随地都有险可探。我对革命群众都很好奇，忍不住先向监管小组"探险"。

一次我们宿舍大院里要求家家户户的玻璃窗上都用朱红油漆写上语录。我们大楼的玻璃窗只能朝外开，我家又在三楼，不能站在窗外写；所以得在玻璃内面，按照又笨又复杂的方式，填画成反写的楷书，外面看来就成正文。我为这项任务向监管小组请一天假。那位监管员毫不为难，一口答应。我不按规格，用左手写反字，不到半天就完成了工作，"偷得'劳'生'半'日闲"，独在家里整理并休息。不久我找另一位监管员又轻易请得一天假。我家的煤炉坏了，得修理。这个理由比上次的理由更不充分。他很可以不准，叫我下班后修去。可是他也一口答应了。我只费了不到半天工夫，自己修好了；又"偷得劳生半日闲"。过些时候，我向那位"披着狼皮的羊"请假看病。他并不盘问我看什么病，很和善地点头答应。我不过小小不舒服，没上医院，只在家休息，又偷得一日清闲。我渐渐发现，监管小组里个个都是"披着狼皮的羊"。

秋凉以前，我们都在办公室里作息。楼上只有女厕有自来水。楼上办公室里写大字报的同志，如要洗笔，总带些歉意，很客气地请我代洗。饭后办公室人多嘈杂，我没个休息处。革命群众中有个女同志颇有胆量，请我到她屋里去歇午。她不和我交谈，也不表示任何态度，但每天让我在她屋里睡午觉。有一次我指上扎了个刺，就走进革命群众的办公室，伸出一个指头说"扎了个刺"。有一位女同志很尽心地为我找了一枚针，耐心在光亮处把刺挑出来。其实扎了个刺很可以耐到晚上回家再说，我这来仍是存心"探险"。我渐次发现，我们所里的革命群众，都是些披着狼皮的羊。

我们当了"牛鬼蛇神"最怕节日，因为每逢过节放假，革命群众必定派下许多"课外作业"。我们得报告假日做了什么事，见了什么人；又得写心得体会。放假前还得领受一顿训话，记着些禁令（如不准外出等）。可是有一次，一个新战斗团体的头头放假前对我们的训话不同一般。我们大家都承认过一项大罪："拒绝改造"。他说："你们该实事求是呀。你们难道有谁拒绝改造了吗？'拒绝改造'和'没改造好'难道是一回事吗？"我听了大为安慰，惊奇地望着他，满怀感激。我自从失去人身，难得听到"革命群众"说这等有人性的语言。

我"下楼"以后，自己解放了自己，也没人来管我。有一次，革命群众每人发一枚纪念章和一部毛选。我厚着脸去讨，居然得了一份。我是为了试探自己的身份。有个曾经狠狠挨整的革命派对我说："我们受的罪比你们受的厉害多了，我还挨了打呢。"不错呀，砸抽屉、抄文件的事我还如在目前。不久后，得势的革命派也打下去了。他们一个个受审问，受逼供，流着眼泪委屈认罪。这使我想到上山下乡后的红卫兵，我在干校时见到两个。他们住一间破屋，每日捡些柴草，煮些白薯南瓜之类当饭吃，没有工作，也没人管，也没有一本书，不知长年累月是怎么过的。我做"过街老鼠"的日子，他们如饿狼一般，多可怕啊。曾几何时，他们不仅脱去了狼皮，连身上的羊毛也在严冬季节给剃光了。我已悟到"冤有头，债有主"；我们老家伙也罢，革命小将也罢，谁也不是谁的敌人。反正我对革命的"后生"不再怕惧。

在北京建筑地道的时期，摊派每户做砖，一人做一百块，得自己到城墙边去挖取泥土，然后借公家的模子制造，晒干了交公。那时默存已下干校，女儿在工厂劳动，我一人得做砖三百块。这可难倒了我，千思万想，没个办法。我只好向一位曾监管我的小将求救。我说："咱俩换工，你给我做三百块砖，我给你打一套毛衣。"他笑嘻嘻一口答应。他和同伴替我做了砖,却说我"这么大年纪了",不肯要我打毛衣。我至今还欠着那套毛衣。

干校每次搬家,箱子都得用绳子缠捆,因为由卡车运送,行李多,车辆小,压挤得厉害。可是我不复像下干校的时候那样事事得自己动手,总有当初"揪出"我们的革命群众为我缠捆而且不用我求,"披着狼皮的羊"很多是大力士,他们会关心地问我:"你的箱子呢?捆上了吗?"或预先对我说好:"我们给你捆。"默存同样也有人代劳。我们由干校带回家的行李,缠捆得尤其周密,回家解开绳索,发现一只大木箱的盖已经脱落,全靠缠捆得好,箱里的东西就像是装在完好的箱子里一样。

我在干校属菜园班,有时也跟着大队到麦田或豆田去锄草。队长分配工作说:"男同志一人管四行,女同志一人管两行——杨季康,管一行。"来自农村的年轻人干农活有一手。有两个能手对我说:"你一行也别管,跟我们来,我们留几根'毛毛'给你锄。"他们一人至少管六行,一阵风似的扫往前去。我跟在后面,锄他们特意留给我的几根"毛毛"。不知道的人,也许还以为我是劳模呢。

默存同样有人照顾。我还没下干校的时候，他来信说，热水瓶砸了，借用别人的，不胜战战兢兢。不久有个素不相识的年轻人来找我，说他就要下干校，愿为"钱先生"带热水瓶和其他东西。他说："不论什么东西，你交给我就行，我自有办法。"热水瓶，还有装满药水的瓶，还有许多不便邮寄的东西，他都要求我交给他带走。默存来信说，吃到了年轻人特为他做的葱烧鲫鱼和油爆虾，在北京没吃过这等美味。干校搬到明港后，他的床位恰在北窗下，窗很大。天气冷了，我一次去看他，发现整个大窗的每条缝缝都糊得风丝不透，而且干净整齐，玻璃也擦得雪亮，都是"有事弟子服其劳"。我每想到他们对默存的情谊，心上暖融融地感激。

我们从"牛棚"下楼后，房子分掉一半。干校回来，强邻难与相处，不得已只好逃亡。我不敢回屋取东西，怕吃了眼前亏还说不清楚。可是总有人为我保镖，帮我拿东西。我们在一间办公室里住了三年。那间房，用我们无锡土话，叫做"坑缸连井灶"；用北方俗语，就是兼供"吃喝拉撒"的，听来是十足的陋室。可是在那三年里的生活，给我们留下无穷回味。文学所和外文所的年轻人出于同情，为我们把那间堆满什物的办公室腾出来，打扫了屋子，擦洗了门窗，门上配好钥匙，窗上挂好窗帘,还给拉上一条挂毛巾的铁丝。默存病喘,暖气片供暖不足,他们给装上炉子,并从煤厂拉来一车、一车又一车的煤饼子,叠在廊下;还装上特制的风斗,免中煤气。默存的笔记本还锁在原先的家里,尘土堆积很厚。有人陪我回去,费了两天工夫,整理出五大麻袋,两天没好生吃饭,却饱餐尘土。默存写《管锥编》经常要核对原书。不论中文外文书籍,他要什么书,书就应声而来。如果是文学所和外文所都没有的书,有人会到北大图书馆或北京图书馆去借。如果没有这种种帮忙,《管锥编》不知还得延迟多少年月才能完成呢。

我们"流亡"期间,默存由感冒引起喘病,输氧四小时才抢救出险。他因大脑皮层缺氧,反应失常,手脚口舌都不灵便,状如中风,将近一年才回复正常。医生嘱咐我,千万别让他感冒。这却很难担保。我每开一次大会,必定传染很重的感冒。我们又同住一间小小的办公室,我怕传染他,只好拼命吃药;一次用药过重,晕得不能起床。大会总是不该缺席的会,我不能为了怕感冒而请假。我同所的年轻人常"替我带一只耳朵"去听着,就是说,为我详细做笔记,供我阅读,我就偷偷赖掉好些大会和小会,不但免了感冒,也省下不少时间。我如果没有他们帮忙,我翻译的《堂吉诃德》也不知得拖延多久才能译完。关注和照顾我们的，都是丙午丁未年间"披着狼皮的羊"。

七　乌云的金边

按西方成语："每一朵乌云都有一道银边"。丙午丁未年同遭大劫的人，如果经过不同程度的摧残和折磨，彼此间加深了一点了解，孳生了一点同情和友情，就该算是那一片乌云的银边或竟是金边吧？——因为乌云愈是厚密，银色会变为金色。

常言"彩云易散"，乌云也何尝能永远占领天空。乌云蔽天的岁月是不堪回首的，可是停留在我记忆里不易磨灭的，倒是那一道含蕴着光和热的金边。

隐身衣
（废话，代后记）

我们夫妇有时候说废话玩儿。

"给你一件仙家法宝，你要什么？"

我们都要隐身衣；各披一件，同出遨游。我们只求摆脱羁束，到处阅历，并不想为非作歹。可是玩得高兴，不免放肆淘气，于是惊动了人，隐身不住，得赶紧逃跑。

"阿呀！还得有缩地法！"

"还要护身法！"

想得越周到，要求也越多，干脆连隐身衣也不要了。

其实，如果不想干人世间所不容许的事，无需仙家法宝，凡间也有隐身衣；只是世人非但不以为宝，还惟恐穿在身上，像湿布衫一样脱不下。因为这种隐身衣的料子是卑微。身处卑微，人家就视而不见，见而无睹。

我记得我国笔记小说里讲一人梦魂回家，见到了思念的家人，家里人却看不见他。他开口说话，也没人听见。家人团坐吃饭，他欣然也想入座，却没有他的位子。身居卑微的人也仿佛这个未具人身的幽灵，会有同样的感受。人家眼里没有你，当然视而不见；心上不理会你，就会瞠目无睹。你的"自我"觉得受了轻忽或怠慢或侮辱，人家却未知有你；你虽然生存在人世间，却好像还未具人形，还未曾出生。这样活一辈子，不是虽生犹如未生吗？谁假如说，披了这种隐身衣如何受用，如何逍遥自在，听的人只会觉得这是发扬阿Q精神，或阐述"酸葡萄论"吧？

且看咱们的常言俗语，要做个"人上人"呀，"出类拔萃"呀，"出人头地"呀，"脱颖而出"呀，"出风头"或"拔尖""冒尖"呀等等，可以想见一般人都不甘心受轻忽。他们或悒悒而怨，或愤愤而怒，只求有朝一日挣脱身上这件隐身衣，显身而露面。英美人把社会比作蛇阱（snake pit）。阱里压压挤挤的蛇，一条条都拼命钻出脑袋，探出身子，把别的蛇排挤开，压下去；一个个冒出又没入的蛇头，一条条拱起又压下的蛇身，扭结成团、难分难解的蛇尾，你上我下，你死我活,不断地挣扎斗争。钻不出头,一辈子埋没在下;钻出头,就好比大海里坐在浪尖儿上的跳珠飞沫,迎日月之光而生辉,可说是大丈夫得志了。人生短促,浪尖儿上的一刹那,也可作一生成就的标志,足以自豪。你是"窝囊废"吗?你就甘心郁郁久居人下?

但天生万物,有美有不美,有才有不才。万具枯骨,才造得一员名将;小兵小卒,岂能都成为有名的英雄。世上有坐轿的,有抬轿的;有坐席的主人和宾客,有端茶上菜的侍仆。席面上,有人坐首位,有人陪末座。厨房里,有掌勺的上灶,有烧火的灶下婢。天之生材也不齐,怎能一律均等。

人的志趣也各不相同。《儒林外史》二十六回里的王太太,津津乐道她在孙乡绅家"吃一、看二、眼观三"的席上,坐在首位,一边一个丫头为她掠开满脸黄豆大的珍珠拖挂,让她露出嘴来吃蜜饯茶。而《堂吉诃德》十一章里的桑丘,却不爱坐酒席,宁愿在自己的角落里,不装斯文,不讲礼数,吃些面包葱头。有人企求飞上高枝,有人宁愿"曳尾涂中"。人各有志,不能相强。

有人是别有怀抱,旁人强不过他。譬如他宁愿"曳尾涂中",也只好由他。有人是有志不伸,自己强不过命运。譬如庸庸碌碌之辈,偏要做"人上人",这可怎么办呢?常言道:"烦恼皆因强出头。"猴子爬得愈高,尾部又秃又红的丑相就愈加显露;自己不知道身上只穿着"皇帝的新衣",却忙不迭地挣脱"隐身衣",出乖露丑。好些略具才能的人,一辈子挣扎着求在人上,虚耗了毕生精力,一事无成,真是何苦来呢。

我国古人说:"彼人也,予亦人也。"西方人也有类似的话,这不过是勉人努力向上,勿自暴自弃。西班牙谚云:"干什么事,成什么人。"人的尊卑,不靠地位,不由出身,只看你自己的成就。我们不妨再加上一句:"是什么料,充什么用。"假如是一个萝卜,就力求做个水多肉脆的好萝卜;假如是棵白菜,就力求做一棵瓷瓷实实的包心好白菜。萝卜白菜是家常食用的菜蔬,不求做庙堂上供设的珍果。我乡童谣有"三月三,荠菜开花赛牡丹"的话。荠菜花怎赛得牡丹花呢!我曾见草丛里一种细小的青花,常猜测那是否西方称为"勿忘我"的草花,因为它太渺小,人家不容易看见。不过我想,野草野菜开一朵小花报答阳光雨露之恩,并不求人"勿忘我",所谓"草木有本心,何求美人折"。

我爱读东坡"万人如海一身藏"之句,也企慕庄子所谓"陆沉"。社会可以比作"蛇阱",但"蛇阱"之上,天空还有飞鸟；"蛇阱"之旁，池沼里也有游鱼。古往今来，自有人避开"蛇阱"而"藏身"或"陆沉"。消失于众人之中，如水珠包孕于海水之内，如细小的野花隐藏在草丛里，不求"勿忘我"，不求"赛牡丹"，安闲舒适，得其所哉。一个人不想攀高就不怕下跌，也不用倾轧排挤，可以保其天真，成其自然，潜心一志完成自己能做的事。

而且在隐身衣的掩盖下，还会别有所得，不怕旁人争夺。苏东坡说："山间之明月，水上之清风"是"造物者之无尽藏"，可以随意享用。但造物所藏之外，还有世人所创的东西呢。世态人情，比明月清风更饶有滋味；可作书读，可当戏看。书上的描摹，戏里的扮演，即使栩栩如生，究竟只是文艺作品；人情世态，都是天真自然的流露，往往超出情理之外，新奇得令人震惊，令人骇怪，给人以更深刻的效益，更奇妙的娱乐。惟有身处卑微的人，最有机缘看到世态人情的真相，而不是面对观众的艺术表演。

不过这一派胡言纯是废话罢了。急要挣脱隐身衣的人，听了未必入耳；那些不知世间也有隐身衣的人，知道了也还是不会开眼的。平心而论，隐身衣不管是仙家的或凡间的，穿上都有不便——还不止小小的不便。

英国威尔斯（H. G. Wells）的科学幻想小说《隐形人》（*Invisible Man*）里，写一个人使用科学方法，得以隐形。可是隐形之后，大吃苦头，例如天冷了不能穿衣服，穿了衣服只好躲在家里，出门只好光着身子，因为穿戴着衣服鞋帽手套而没有脸的人，跑上街去，不是兴妖作怪吗？他得把必需外露的面部封闭得严严密密：上部用帽檐遮盖，下部用围巾包裹，中部架上黑眼镜，鼻子和两颊包上纱布，贴满橡皮膏。要掩饰自己的无形，还需这样煞费苦心！

当然，这是死心眼儿的科学制造，比不上仙家的隐身衣。仙家的隐身衣随时可脱，而且能把凡人的衣服一并隐掉。不过，隐身衣下的血肉之躯，终究是凡胎俗骨，耐不得严寒酷热，也经不起任何损伤。别说刀枪的袭击，或水烫火灼，就连砖头木块的磕碰，或笨重地踩上一脚，都受不了。如果没有及时逃避的法术，就需炼成金刚不坏之躯，才保得无事。

穿了凡间的隐身衣有同样不便。肉体包裹的心灵，也是经不起炎凉，受不得磕碰的。要炼成刀枪不入、水火不伤的功夫，谈何容易！如果没有这份功夫，偏偏有缘看到世态人情的真相，就难保不气破了肺，刺伤了心，哪还有闲情逸致把它当好戏看呢。况且，不是演来娱乐观众的戏，不看也罢。假如法国小说家勒萨日笔下的瘸腿魔鬼请我夜游,揭起一个个屋顶让我观看屋里的情景,我一定辞谢不去。获得人间智慧必须身经目击吗?身经目击必定获得智慧吗?人生几何!凭一己的经历,沾沾自以为独具冷眼,阅尽人间,安知不招人暗笑。因为凡间的隐身衣不比仙家法宝,到处都有,披着这种隐身衣的人多得很呢,他们都是瞎了眼的吗?

但无论如何,隐身衣总比皇帝的新衣好。

一九八六年发表

出版说明

《将饮茶》是杨绛先生的散文名作,一九八七年由三联书店初版。此次再版,除增加了《收藏了十五年的附识》一文之外,《回忆我的父亲》一文还增加了一篇附录,即"申辩中之高检长惩戒案"。特此说明。

生活·读书·新知三联书店
二〇一〇年四月八日